極めて傲慢たる
The Deeds of an Extremely Arrogant
JN107796

ミア・クライン・レノックス
アリスとは伯爵家同士の顔見知りで、ライバル意識を持っている。ルークに運命を翻弄される一人。
ルーク・ウィザリア・ギルバート
《俺》が転生したファンタジー小説世界の“悪役貴族”。あらゆる物事を努力せずに為せる怪物的な才能を持つが、それ故に自惚れ、破滅する運命にあり——?
アリス・ルーン・ロンズデール
有力貴族の長女でルークの婚約者。才色兼備を体現した氷の美女で、ルーク以外は基本的に見下している。

「待ってよリリー！　走っちゃダメだよ！」
アベル
この世界の“主人公”。底抜けのお人好しで善人だが凄惨な過去を持ち、強さを追い求めてアスラン魔法学園に入学する。
「間に合ったぁぁぁ!!」
リリー・エイクリル・ラムリー
何かと無茶をするアベルを気にかけ付き添う、強気で健気な乙女。
（――こいつが、主人公か）

「おはよう、ルーク」

声が聞こえた。この部屋には、
俺ともう一人しかいない。

「夜の方も上手いなんて。

貴方って本当に非の打ち所がないわね」

「……黙れ。さっさと服を着ろ」

「あら、まだいいじゃない」

極めて傲慢たる悪役貴族の所業

黒雪ゆきは

角川スニーカー文庫

23674

目次

contents

The Deeds of an Extremely Arrogant Villainous Noble

illustration: 魚デニム
design work: atd inc.

序章　悪役貴族の目醒め

——あ、そうだ。俺は悪役貴族だ。

唐突に気づいた。というよりは、思い出したと言った方が正確か。

この世界はとあるラノベのファンタジー世界。そして、俺は主人公ではなく悪役貴族
……この事実だけに気づいた。——さて、どうするか。

「ルーク、どうかしたの？」

「……少し考え事を」

「そう。食事が冷めてしまうから程々にね」

テーブルに並べられたいくつものフォークとナイフ。やたらと豪勢な料理を口に運んでみるが……あまり味がしない。

少し遅れて、ようやくこの奇妙な現実の実感がわいてきた。……なんだこれは。

おいマジか、こんなことってあるのか。うわー、どうしよう。まずどんな物語だったたか

……あー最悪だ、まったく思い出せん。

ぼんやりと設定や登場人物は覚えている。だが、その程度だ。

「申し訳ありません、母上。少し体調が優れないので、部屋で休んでもいいでしょうか？」

もはや食事どころではなかった。今はとりあえず現状把握に時間を使いたい。

「えぇ!!　大丈夫なのルーク!?　直《す》ぐに神官を呼んで――」

「それには及びません。少し疲れを感じた程度ですので」

「そ、そう……ならいいのだけど。もし辛かったら直ぐに言うのよ」

「はい」

最低限の言葉だけで返事をし、俺は歩き出したが――

「……ルーク」

呼び止められた。

「はい、父上」

「本当に大丈夫なのだな？」

「はい。嘘《うそ》はございません」

「そうか、行きなさい。アルフレッド、何か異変があればすぐに知らせろ」

「かしこまりました、旦那様」

まったく……過保護な両親だ。

アルフレッドという名の執事と共に自室に向かいながら、俺はそんなことを思った。

なるほどな、ルークというキャラが出来上がるわけだ。とてもぼんやりとではあるが、俺にはルークとしてのこれまでの記憶もある。しかし、怒られた記憶が全くと言っていいほどない。

何をやっても大抵のことは直ぐにできてしまう才能。どんなに俺が悪かったとしても、叱ってくれる者が誰一人としていない家庭環境。

そりゃあ、自尊心が膨れ上がるわけだ。傲慢不遜の権化にもなる。

正直、コイツの人格はこの環境が作り上げてしまったと言わざるを得ん。

「それでは、ルーク様。何かあればお声かけ下さい」

「あぁ」

扉の前にアルフレッドを控えさせ、俺は中へと入る。そのままベッドにダイブ。枕に顔を埋め、思考を巡らせる。さて、本当にどうするか。俺はこれからどうするべきか。

しばらく今後のことを考えてみる。やたらと優秀な頭脳のおかげなのか、刹那に無数の思考が巡る。だが……どんなに考えても答えは一つしかなかった。

目指すは――幸せだ。

もはや、ルークとかいう悪役になってしまったことはどうにもならない。

どうせ主人公にボコられるのだろう。主人公の名は確か……『ア』から始まる名前だったと思うが、靄《もや》がかかっているかのように思い出せん。まあ、そのうち思い出すだろう。

とにかく、俺は幸せな人生をおくりたい。俺の人生がハッピーエンドであって欲しい。

幸い、貴族なんだ。大抵のことは困らないだろう。

でも、そうだな……何もしないのはつまらない。せっかくこんなファンタジーな世界なんだ。剣や魔法を存分に堪能したいという、この強烈な欲求に抗《あらが》うことなんてできはしない。――いや、この俺が我慢する必要などない。

その時、ふと頭にある考えが降ってきた。

「……そうだ。努力してみるか」

確か、ルークというキャラは全くと言っていいほど努力ということをしたことがなかったはず。正確には努力する必要なんてなかったのだ。

人が必死に努力して獲得する能力を、ルークは初めから持っている。だから傲慢不遜の極みのような性格であっても、誰一人として文句を言えない。本当にタチの悪い……いわゆるヘイトキャラだ。

ヘイトを集めに集め、主人公がぶっ飛ばすことで読者をスカッとさせるための存在。

まったく、そうはなりたくないものだ……だが、面白い。本来努力なんてしないはずのキャラが努力する。それはこの世界にどんな変化をもたらすのか、少しだけ興味がある。

程々に頑張ってみるとして、とりあえず現在の俺の年齢は十。

魔法の才能がある俺はおそらく順当にいけば、十五で王都にある魔法学校に進学することになるだろう。これはルークの記憶が教えてくれたことだ。

……まあ、その学園に行ったら出会ってしまう気がするんだが。——主人公に。

まあいい、主人公に会いたくないという感情よりも、魔法について学びたいという欲求の方が余裕で勝ってしまっている。それに、こういう世界は強さがそのまま自由に直結すると思う。強ければそれだけ選択肢が増える。そのためにも、魔法を学び始めるのは早い方がいい。

ただ、入学まで五年もあるな……それまでの間はどうするか。独学で学んでみるか？

いや、誰か教えてくれる人間を探した方がいいな、さすがに。

そうだ、剣についても学ばないといけないんだ。何も、学ぶべきは魔法だけじゃない。

そういえばこのキャラ、というか俺は、剣と魔法のどちらが得意なんだろう？

両方とも才能があるってことは知っているが、偏りはないのか？

うーん、あったのかもしれんが思い出せん。まったく、不親切な記憶だ。とりあえずはどちらも学んでおこう。それで得意な方がはっきりしたら、そちらに集中すればいい。

「方針は決まったな。……クク、面白くなってきた」

思わず独り言が漏れた。——そうだ、楽しみなんだ俺は。

最初は困惑したが、胸の奥底が熱く震えている。こんな世界、楽しむなという方が無理な話だ。

——コン、コン

ドアをノックする音。

熱くなった思考がすぐさま冷えたものへと切り替わった。

「ルーク様、体調の方はいかがでしょうか？　申し訳ありません。旦那様から一度確認し報告しろと仰せつかっております」

「あぁ、大丈夫だ」

思考に水をさされたことで少しだけ不機嫌に返事をしてしまった。——いや、待てよ。

ふいに浮かんだそれを確かめるべく、俺はガチャりと扉を開けた。

「おいアルフレッド……ん？」

あれ、おかしい。

「アルフレッ……ド」

「どうなさいましたか、ルーク様」

……敬語が使えない。俺はアルフレッドさんと言おうとしたんだ。自分よりも年上の人間に敬語を使うのは当たり前なのだから。なのに、使えなかった。……いや、正確には違う。

――『たかが執事に敬語など使う必要はない』という、強烈な意識が俺の根底にあるのだ。

なんだこれは……〝ルーク〟の意志が残っているというのか。

俺は改めてアルフレッドを見る。年相応に皺《しわ》のある顔。だが気品を備えており、有り体に言えば男前で、体格も決して衰えていない。

それもそうだろう。アルフレッドは元王国騎士団の副団長を務めていた男なのだから。

そのことをさっき思い出した。なんだ、剣を教えてもらうのにうってつけではないかと考えたのだが……できるかそんなこと。この俺がたかが執事に教えを乞う？

そんな恥ずかしい真似《まね》をするくらいなら死んだ方がマシだ。


……は？


なんだこの抗い難《がた》い強烈な感情は。

クソッ、たかが剣を教えてくれと頼むのになぜこんなに苦労しないといけないんだ。

「アルフレッド、俺に……」

ググググ……クソッ、言葉が出ない!!　あと少しなんだ!!

「俺にイイイ……」

だァァァァッ!!!!

「俺にイイイイイイッ!!」

「どうなさいましたかルーク様！　はっ！　やはり体調が――」

「違ァァァう!!!」

思わず大声が出た。全身から汗が吹き出ているのが分かる。おそらく目も血走っていることだろう。

「ハァ……ハァ……」

ダメだ、頼めない。どんなに頼もうと思っても言葉が出ない。なんだこの呪いは……最悪だ。俺はどう足掻《あが》いても〝ルーク〟でしかないのか。――いや、思考を変えろ。

「俺にィィ……剣をォ……教え、ろ……」

言えた!! 命令形にすることで何とか言えた!!

アルフレッドさん本当にごめん！ 俺がこれまでたくさん迷惑をかけたことは、ルークの記憶で知っている！ マジでごめんなさい！

俺は心の中で盛大に土下座した。

「……はい？ 今なんと？」

安堵《あんど》していたら、アルフレッドさんが絶望的な言葉を吐いた。……冗談だろ。

「聞こえなかったのか……？」

ちょっと……それはないよアルフレッドさん!! もう一回言うのはキツすぎるって!!

……まあ、やるけども。剣を教えてもらうためなら何度でも。

「俺にィィィィ……剣をォォォ……」

「いや、失礼。老体ゆえ、己の耳を疑ってしまいました」

「ハァ……ハァ……そうか」

俺は静かに返答を待った。アルフレッドさんは何かを考えているように黙る。

でもどうか、どうか断らないでください。必死に抗うけど、断られたら俺はどういった行動に出るか分からないんです。

本当に最悪だ……マジでなんなんだこの呪いは。

「かしこまりました。私で良ければその役目、務めさせていただきます」

「…………」

何とか了承を得られた……良かった。

でも、感謝を言えない。口を開けば憎まれ口を叩《たた》いてしまいそうだから無言を貫くしかないんだ。本当に申し訳ない、アルフレッドさん……心から感謝している。

はぁ……ありがとうの一つも言えない俺に、ハッピーエンドは訪れるのだろうか……。

第一章　狂い始める物語

1

俺の名はアルフレッド・ディーグ。

元々は王国騎士団副団長を務めていたんだが、昔の話だ。

とっくに引退して、今はギルバート侯爵家の執事なんてのをやっている。

もう随分と長くやってるが……つくづく思うぜ。――執事なんてやめときゃあ良かった、てな。

俺は嫌いなんだ……貴族って連中が。根本的に向いてねぇんだよ、俺には。

じゃあなんで執事なんてやってんだって話だが、まあ恩義だな。

当時俺は戦場で大きな判断ミスをし、多くの仲間を俺の指示で殺してしまった。

今でも夢に見るぜ……死んでいった仲間たちの姿。

あの状況なら仕方ない、お前のミスじゃないと団長は言ってくれたが、俺が自分自身を許せなかった。だから騎士を辞めたんだ。

指南役をやれとも言われたが、どの面《つら》下げてやれってんだ。仲間を死なせるような無能に務まるはずねぇだろ。

指南役も断った俺は当然路頭に迷ったんだが、ギルバート家の先代が拾ってくれた。物好きな人だった。平民出身で言葉遣いすらままならない俺に、一から執事としての振る舞い方を教えてくれた。

当時から貴族嫌いだった俺だが、あの人のおかげで価値観がほんの少し変わったんだ。だが、やはりあの人が変わり者だっただけだ。当代からは平民というだけで同じ人間ではないかのように見下すクソな貴族になりさがった。……いや、貴族ってのはこれが普通なんだ。

むしろ見下すだけで、なんの悪事にも手を染めていないギルバート家はマシな方さ。

まあ、この仕事は俺に向いてねぇがコツは覚えた。心と体を完全に切り離すことだ。ただ淡々と仕事をこなす。

それだけでいい。もう随分とそうやって過ごしてきた、今日だって変わりゃしねぇ。

変わりゃしねぇ……はずだった。

「俺にィィィィィイッ!!」

突然、俺の前で苦しむように叫びだしたコイツの名は、ルーク・ウィザリア・ギルバート。ギルバート家の嫡男だ。

メイドたちがよく話しているんだが、コイツはやればなんでも涼しい顔でできてしまうらしい。実際、このガキは異常に要領がいい。

だが、俺は好きになれねぇ。コイツの目が気に入らねぇんだ。全てを見下したその目が。

なんだが……この日は少し違った。

何かに必死に抗い、もがき苦しんでいるようだった。明らかに異常だ。

どんなに嫌いな貴族だろうと、俺は受けた恩義は忘れねぇ。

それ以前に、こんな一目でわかる異常事態を放置することなんてできるわけねぇだろ。

だから俺は聞き返した。

「どうなさいましたかルーク様！　はっ！　やはり体調が――」

「違ァァァァう!!!」

……どうやら体調不良じゃないらしい。

じゃあなんだってんだ。執事になる為《ため》にたいていのことは学んだが、それでも今のコイツの状態がさっぱりわからねぇ。……というか、突然なんなんだ。

一度も面と向かって話されたことなんてねぇ。同じ人間として認知してない。

俺の貴族に対する嫌悪を凝縮したようなガキだった。

だが、今はどうだ。

相変わらず目の奥では見下してやがる。それでも……しっかりと目を見て、何かを必死に訴えようとしている。

その一点だけは僅かに好感がもてるな。まあ、今までが悪すぎたがゆえの評価だが。

「俺にィイ……剣をォ……教え、ろ……」

……コイツは今なんて言ったんだ？

剣を教えろだと？　剣を教えろって言ったのか？

……冗談だろ。剣術ってのは、騎士の家系でもない限り貴族は毛嫌いしている。

それはあまりに当たり前な話で、ギルバート家だって例外じゃねぇ。なのに……剣術を魔法が使えない無能の遊戯くらいにしか思ってねぇはずのコイツが、今俺に剣術を教えろって言ったのか？

「……はい？　今なんと？」

それはほとんど反射的に出た言葉だった。

あまりに現実味のない言葉を脳が理解することを拒みやがったんだ。すると、ほんの一瞬だがこのガキがこの世の終わりかのような顔をした気がした。……見間違いだよな？

「俺にィィィィ……剣をォォォ……」

「いや、失礼。老体ゆえ、己の耳を疑ってしまいました」

「ハァ……ハァ……そうか」

どうやら俺の耳はまだイカれてなかったらしい。

それはそうと本当になんなんだコイツ。なんでいちいちそんな苦しそうに叫びだすんだ？　挙げ句の果てに肩で息してやがる……だが、まぁいい。

俺は少しだけ考える。おそらく、コイツは剣術をナメてる。一朝一夕で身につくもんじゃねぇんだよ、剣術ってのは。

魔法のように机に座って優雅にお勉強とはいかねぇ。何度も泥に塗れながら身体で学ぶもんだ。そんなことをコイツの両親が許すはずもねぇ。野蛮やらなんやら言われて、とばっちりを食うのは俺だ。

まぁ、コイツも本気じゃねぇだろ。貴族の思いつき、ほんの戯れ。ちょっとでもめんどくさいと感じりゃあ飽きてやめるだろう。――そう、俺は結論付けた。

「かしこまりました。私で良ければその役目、務めさせていただきます」

「…………」

――この時の俺は、本当にこの程度にしか思っていなかったんだ。

翌朝、コイツは約束通り現れた。

内心ガッカリしているのは言うまでもない。

来なけりゃ教えずに済んだ。だが来たとなりゃ教えなきゃならん。

――めんどくせぇ。

一応、昨日の段階で旦那には話を通している。めちゃくちゃ嫌な顔をされたが、なんだかんだ許可された。

俺はガキに剣を渡す。怪我《けが》でもされたらたまったもんじゃねぇ。

「では、まず『型』を見せます。当然、レプリカだ。私の後に続いて同じように剣を振ってみてください」

剣を志す者でも型を嫌う者は多い。その理由は至極単純、つまらないからだ。

もし俺が本当に弟子をとって剣を教えるとなりゃあ、まずは実戦的な技術を最初に教える。剣に興味を持ってもらい、それから型だ。

どの道、全ての基礎が詰まったこの『型』ってやつを避けて通ることはできねぇからな。

だが、どうでもいい。

俺の目的はさっさとこのガキに剣はつまらないものだって理解してもらうことなんだから。

「よ、よよよ、よォォォォォ……ハァ……ハァ……さっさとしろ」

……昨日からなんなんだよコイツの情緒不安定具合は。ったく、さっさとしろだァ？

仮にも教えを乞う立場だろうが。

俺が弟子をとるならまずその根性を……いや、考えるだけ無駄だ。——さっさと終わらせよう。

「ではいきます」

——数回。

ほんの数回、その剣捌《さば》きを見ただけでその異様さに嫌でも気付かされる。

剣を振る、と言ってもそう単純じゃねぇ。

足さばき、重心の移動、力の伝え方、タイミング、呼吸……それら全て会得して初めてまともに剣を振ることができるんだ。

だから素人に剣を振らせてもデタラメな動きになっちまう。

それをコイツは……コイツはたった一回俺の動きを見ただけでやりやがった。

いや、まぐれかもしれない。

……確信に近いその直感を俺は何とか否定した。

それからしばらく型を続けてみた。

そして、もはやそれは否定しようがないものとなる。

——怪物。

そんな言葉が脳裏に浮かんだ。

「……ルーク様。失礼ですが、どこかで剣のご経験が？」

あるわけがない……答えは既に出ている。俺は四六時中コイツと一緒にいるんだ。

それでも聞いてしまったのは、この理解できない存在をどうにか理解しようとした結果だ。

「……あると思うのか？」

心底見下した目でそう問いかえされた。

しかし、もはやそんなことはどうでもいい。些細《ささい》なことすぎる。

「……続けます」

「…………」

ザワつく心をなんとか鎮め、俺はさらに型を続けた。

……どうやら人間ってなぁ、理解できないものを見たときに抱く感情は『恐怖』らしい。

結局一度も勝つことができなかった〝団長〟にすら抱かなかった感情を、俺は剣を握って数分のガキに抱いている。

剣を振る度に動きが洗練されていく。暴力的な成長速度。

このガキは知る由もねぇだろうが、スタート地点がそもそも並の剣士が必死に努力してようやく到達できる地点なんだ。……ありえねぇ。……ありえねぇよ。

そして、数分で終わるはずだった稽古が一時間を迎えた頃、俺はその一振りを目の当たりにした。

あれ、今の一振り――俺より良くね？

俺の剣が錆《さ》び付いているわけじゃねぇ。コイツの執事であると共に護衛も兼ねてる俺は、この歳《とし》になるまで剣を握らなかった日々なんざ数える程しかねぇんだ。

そのとき、ぼんやりとメイド達の会話を思い出した。

ルーク様は凄《すご》い。なんでもたちどころにできてしまう。きっと天才なんだ。

口々にそう話していた。……いや、違《ちげ》ぇな。

コイツはそんな陳腐な言葉で片付けちゃ絶対にいけねぇ。

怪物、化け物、逸脱者。そういった言葉が相応《ふさわ》しい。

「ルーク様、今日はこのくらいに」

「……なんだと？　もう終わりか？」

「はい、ルーク様は今日初めて剣を握られました。急いでも良いことはございません」

「そうか。そういうものか」

俺はルーク様を部屋に送り届けてから、旦那様のもとへと向かった。

自然と足が速くなり、思わず笑みが零《こぼ》れる。

「二、三年だ……ほんの二、三年で俺を超えるぜありゃあ……」

今の俺は随分と気味の悪い笑みを浮かべていることだろう。

だがなぁ、これが笑わずにいられるか？

曲がりなりにも俺は元王国騎士団副団長。この国において、剣の腕に関しちゃNo.2の地位にいた男だぜ？

何にもなかった俺は物心付いた頃から剣を振っていたんだ。その俺をよぉ……一振りとはいえ剣を握って高々一時間のガキが超えるだぁ？


「……タッハ！　ヤベェじゃねぇの」


羨望、嫉妬。そんな感情を抱くことすらできない隔絶された圧倒的才能。

間違いない。アイツは剣を振る為《ため》に生まれてきた存在だ。

「見てみてぇなァ……」

アイツがどこまで上り詰めるのか見てみてぇ。

俺は抗いがたい強烈な感情に支配されていた。——いや、魅了されちまったんだ。

悪魔の理不尽を体現したかの如き才能に。

俺は勢いそのままに扉をノックした。

「旦那様、少しお話が」

「入れ」

さて、どうやって切り出そうか。

まあいい、地べたに這《は》いつくばってでも懇願するつもりだ。

――ルーク様に剣を教えさせて欲しいと。

§

アルフレッドさんから剣術を習い始めてから約一年が経過した。

本当は魔法の勉強も始めたかったが、一気に色んなことを始めても全てが中途半端になってしまうのがオチだ。一段落するまでは剣術に集中する方がいいだろう。

……なんてのは建前。――剣術、クッソ面白い!!

何がどうとか、上手《うま》く言えないんだけどとりあえずめちゃくちゃ面白い。

いい汗かけるし、剣術を始めてからというもの夜の寝付きがすこぶる良い。

それにやればやるほど上達する感覚がある。その感覚が本当にやみつきになるんだ。

だが、模擬戦ではアルフレッドさんに一度も勝てていない。

その度に俺は耐え難《がた》い強烈な屈辱感に襲われるんだ。

たかが執事に負けた、その事実がどうしようもなく腹立たしい。

悔しさと苛立《いらだ》ちのあまり、アルフレッドさんや自分自身に対して罵詈《ばり》雑言《ぞうごん》を吐いてしまったこともある。それも一度や二度ではなく、何度もだ。

……しかし、その一方でこれら全てを楽しんでいる自分がいるのだから、人間の心とは本当によくわからない。

ただ、この感情を早めに経験できたのはとても良いことだと思う。

『敗北』したことがあるという事実が俺に、いや、〝ルーク〟に与えた影響はとてつもなく大きいだろう。

というか、負けるのなんて当たり前だろ。相手は元王国騎士団副団長だぞ。

本来悔しいなんて感情を抱く方がおかしいんだよ。

それに……なんだろう。アルフレッドさんもちょっとガチすぎないか？

最近なんて特にそうだ、こっちはまだ剣を握って一年だぞ。今回も案の定負けたし。

もう少し手を抜いてくれても——

「……たった一年。たった一年でルーク様は、剣術の基礎から応用までほぼ全てを習得してしまいました。それどころか……いえ、なんでもありません」

え、いつの間に？

確かに最近は模擬戦の頻度がやたら増えていたけど。

アルフレッドさんは天を仰いだ。何かを考えているような、何かを諦めたような。

どちらとも取れる表情をしていた。そして、吹っ切れたようにこちらに目を向けた。

「私は、王国騎士団副団長を務めていました……」

「何を今更。そんなことは知っている」

できるだけ丁寧な口調を心がけた結果がこれ。

「数多《あまた》の戦場を駆け、実に多くの命を奪って参りました」

「…………」

分からない、なんでアルフレッドさんは突然こんな話をするんだろう。

でも、少しでも理解したい……アルフレッドさんは恩師だから。感謝してもしきれない存在なんだから。

俺はその言葉を必死に咀嚼《そしゃく》し、理解しようと思考を回転させる。

「剣とは他人の命を奪う道具に過ぎません。大事なのは持ち手の心。磨き上げた剣術で何を為《な》すのかは、剣を握ったその者に委ねられているのです。正義を為すも、悪を為すも。──どうか、どうかそのことをお忘れなきよう」


そう言って、アルフレッドさんは深々と頭を下げた。

本当にどうしたというのか。……やはり分からない。なんて言ったら良いのだろう。

とりあえずここまで稽古をつけてくれたことへの感謝を……いや、無理だ。

傲慢不遜を体現する〝ルーク〟の意識がそれを許さないことは、この一年でよく分かっただろう……じゃあなんて言えば。


「──ですが」


その会話の隙間を縫うように、アルフレッドさんの言葉は続いた。

纏《まと》う雰囲気をガラリと変えて。

「たとえ悪に傾こうとも、私はルーク様が何を為すのか見たいッ!! どうしようもなく見たいのでございますッ!! あぁ、ダメだ。この欲求だけは全くもって抑えられる気がしないッ!!」

「……え」

……急に何ッ!?!? どうしたのアルフレッドさんッ!! 目が完全にイッちゃってるよ!! 紳士だったアルフレッドさんはどこ行ったの!? 俺が努力したからこうなったのか!? なんの分岐だよこれ!!

「ですので、次回からは戦場で私が命のやり取りを繰り返す中で会得した、相手を殺す為の様々な術を教えようと思います。これは王国の由緒ある剣術とはまるで違います。ですが、必ず勝利への一助となることをお約束致します。本当は今すぐにでも戦場に赴き、直にその空気を味わっていただきたいのですが……さすがにそれは旦那様が許されないでしょう」

いや本当になんなの!? 殺す術!?

アンタ十一歳の少年に何を教えようとしてんだよ!!

俺は急変した現実を受け入れられなかった。

しかし――

「――これは持論ですが、どんなに汚い手を使おうと『死』という絶対なる敗北よりは良いと考えております」

「……ほう」

アルフレッドさんの突然の変貌。

それにどうしようもなく戸惑う俺だったが、その言葉だけはストンと腹に落ちた。

――『敗北』

その言葉は途轍《とてつ》もなく重い。

俺の中に残る〝ルーク〟としての激情が決して許さないもの――それが、『敗北』だ。

この一年、俺は何度も敗北を喫した。何度も、何度も。

模擬戦をやる度に敗北した。それでも、俺の中の自尊心が小さくなることは全くなかった。

俺を見下すな。
今に見ていろ。
そこは俺がいる場所だ。
絶対に引き摺《ず》り下ろしてやる。

そんな声が頭に響くんだ。――だからだろうか。

「ククッ……アッハッハッハッハッ!!」

なぜか、笑いが込み上げてきたのは。

「そうか、そうだな。敗北よりはいい。お前の考えは実に正しい。何一つとして間違っていない。――最後に勝ってさえいればそれでいい」

「……ッ‼　これほど……これほどとは……ッ‼」

自然と言葉が溢《あふ》れた。止まらなかった。

「お前だって例外じゃないぞアルフレッド。いつまでも見下していられると思うな。俺は必ずお前にも勝つ」

ああ、多分これは〝ルーク〟の、いや、もう〝俺〟の本質なんだ。

きっと死ぬまで変えることはできない。膨大すぎる自尊心を抑制する術はなく、その自尊心を満足させるには勝つしかない。――勝ち続けるしかないんだ。

まったく、めんどくさい人生だ。本当にめんどくさい。

でも、そうだな……そう悪くはないかもな。

やってやるさ。

2

「……二年、かからなかったなァ」

随分と独り言が増えた気がする。何故《なぜ》だろうな。

誰かに聞かれでもしたら執事という職を失う可能性がある。それはなんとしても避けねえとな。

本当に人生は何があるか分からねぇなァ。俺がこんなクソみたいな職を続けたいと思う日がくるとは。

あのガキ……いや、ルーク様に剣を教え始めて約一年と半年。


今日初めて──俺は負けた。


これが笑わずにいられるか？　声を上げて笑いたい気分だ。

だが、今の俺は執事。そんな姿を誰かに見られるわけにはいかねぇ。

だから口を押さえて必死に込み上げてくる感情を噛《か》み殺す。

「本当に……本当にやりやがった……ッ！　いや、そんなもんじゃねぇ。俺の想像を遥《はる》かに超えていきやがった……ッ！」

あぁ、ダメだ。

どうも感情が漏れ出ちまう。

手を抜いたなんてことはねぇ……いや、それどころか殺す気でやったさ。

いつだってルーク様との模擬戦では、本当に命のやり取りをしているかのようなヒリつきを感じていた。剣を握って間もないはずなのに、マジで勝ちにきてやがんだ。

それは初めて模擬戦をやったときからずっとさ。

僅かでも気を抜けば足元を掬《すく》われる。それは剣士としての勘だった。

だから俺はいつも模擬戦の時は真剣よ。教え子のガキと対峙《たいじ》してるんじゃなく、殺さなきゃならねぇ敵と対峙している。それくらい真剣にやらなきゃならなかった。

元王国騎士団副団長って看板はそう軽くねぇ。

はっきり言って、老いたとはいえ俺は今でも王国屈指の剣の腕があると自負している。

その上で、ルーク様は俺に勝った……本当に勝ちやがったんだッ!!

「あぁ……たまらねぇぜ」

心の奥底が熱く震えるのを感じる。

ルーク様が歴史に名を残す、なんてことはもはや必然。

違う……そんなものじゃ断じてねェッ!!　神話だッ!!

俺は神話にその名を刻む男を最も近い場所から見られるんだッ!!

なんて……なんて幸運なんだ俺ァ!!


「──アルフレッド様」


その時、俺の名を呼ぶ声が聞こえた。メイドの声だ。

この程度で動揺する俺じゃねぇ。なんの問題もなく、即座に意識を切り替えた。

「どうしましたか？」

「はい、アルフレッド様にお客さまがお見えになっております」

「……私に？」

瞬時に思考を巡らせる。俺に客だァ？　まるで思い当たる節がねぇ。

良い方向にも、悪い方向にも様々な可能性を考えるが……結局、答えは見つからない。

「旦那様より『会ってきなさい』との言伝《ことづて》を預かっております」

「そうですか。確かに承りました」

「ではご案内します。お客さまはすでに部屋でお待ちですので」

私の言葉を聞き、メイドは一度お辞儀をしてから歩き始めた。

ったく、誰だってんだ。俺は忙しいってのによォ。

ルーク様の今後の訓練内容を考えなきゃならねぇんだ、俺ァ。

心底そう思うが、旦那様の言葉がある。会わないなんて選択肢はありゃしねぇ。

俺は少しだけ重い足取りで歩き始めた。

§

――エルカ・アイ・サザーランド。

それが私の名だ。

この名はかつて知らぬ者がいないほど王国に轟《とどろ》いていたと自負している。

なぜなら私は――王国騎士団団長を務めていたのだから。

これは私の誇りだ。――まあ、昔の話だがな。

女というのは、純粋な筋力では決して男には勝てない。魔法が使えるならまた話が変わってくるのだろうが、生憎《あいにく》とそっちはからっきしだ。

それでも私は、長い王国の歴史でも数少ない女の身でありながら王国騎士団団長という座まで上り詰めた。多少、誇ってもいいだろう？

今は王都で私が気に入った者のみを集め、剣術を教える道場を開いている。

アルに会いに来たのもその為《ため》だ。本当はもっと早くこの話を持ちかけたかったが、うまくいくかも分からない道場経営、しかも私情を多分に含んでいる。

私はどんなに剣の才があろうと、気に入らない者に教える気は無い。逆もまた然《しか》りだが。

こんな見通しの立たない話を持ちかけるなんて筋が通らない。

だから、こんなにも時間がかかってしまった。

「……元気にしてるだろうか」

アルが副団長を辞めた日のことを今でも鮮明に覚えている。

本当に頑固な奴《やつ》だった。一度決めたら絶対に曲げない。意志の固すぎる男なんだ、アルは。

最後に会ったのはいつだったか。もはや覚えていないほど昔ということか。

しばらく懐古に浸っていると、ガチャリと応接間の扉が開かれた。

「待たせたか？　元王国騎士団団長、エルカ・アイ・サザーランド殿」

「いいえ、こちらこそ突然の訪問を快く受け入れていただき、感謝の言葉もありません。ギルバート卿《きょう》」

ギルバート家に悪い噂《うわさ》がある訳では無いが、かと言って良い噂もありはしない。

良くも悪くも、この家は貴族らしい貴族のはずだ。

貴族というのは、基本的に王国騎士団のことを良く思っていない。

魔法が使えない無能の集まり、くらいにしか思っていない者がほとんどだ。——だというのに、これはなんだ。

何か、剣に対する価値観が変わったというのか。

「長旅ご苦労。歓迎するぞ」

「ありがとうございます」

三流もいいところだが、一応私は貴族の家柄だ。

追い返されることはないだろうと思っていた。ただ、多少の小言を言われることは想定していた。

していたのだが……実際は思わぬ好待遇。どういうことかと腹を探ってしまう。

「紅茶でいいかね？」

「はい、ありがとうございます」

傍に控えていたメイドがティーカップに紅茶を注いだ。心地の良い香りが広がる。

それからも少し言葉を交わしたが、悪意はまるで感じなかった。

「さて、私がいても仕方ないな。すぐにアルフレッドを連れてくるとしよう」

「感謝致します」

そう言うと、ギルバート卿は扉を開けて出ていった。とはいえ、部屋に一人というわけではない。私の傍にはメイドが控えている。

……やはり、おかしい。

そもそも魔法大国であるミレスティア王国は、魔法に長《た》けた者が集い建国したという歴史がある。だから、一流と言われる貴族の家系は程度の差こそあれ魔法に適性があるのだ。

つまり、魔法はほとんど貴族のものというわけだ。

平民にも極稀《まれ》に魔法に適性のある者がいるが、それは極めて特殊な例外だ。

魔法が使える者と使えない者。魔法が王国を支えてきたという歴史がある以上、この差別だけは絶対になくならない。

……と、思っていたのだが。

先ほどのギルバート卿からはそれを全くと言っていいほど感じなかった。

それどころか敬意すら感じたほどだ……本当に意味がわからない。

——コンッ、コンッ

ぷつぷつと湧く疑問の泡。

そんなことを意に介さないかのように扉をノックする音がこだまする。

すぐに控えていたメイドが扉を開けた。

「お待たせしました」

あぁ、本当に懐かしい。その姿に積年の思いがこみあげてくる。

ただ、久しぶりに見る彼は随分と様変わりしているようだった。

「……プっ」

恭しく頭を下げるアルを見て、思わず零れてしまいそうになった笑い声を何とか堪えた。

「ここからは私が。あなたは戻りなさい」

「かしこまりました。アルフレッド様」

メイドがこの場を後にする。もうここにいるのは私とアルの二人だけ。

無言のままアルは対面のソファに座り、当たり前のように煙草《たばこ》に火をつけ煙を吐き出した。――そして、

「……よォ」

「プっ、あははは。随分と執事が板についたようじゃないかアル。一体誰が信じられる？

この男がかつて、戦場で『鬼』と恐れられた元王国騎士団副団長だということを」

もう限界だった私は、腹を抱えて笑ってしまった。

「ついこの前までたどたどしい言葉遣いで四苦八苦していたというのに」

「いつの話してやがんだァ？　何年も前の事を昨日の事のように話すんじゃねぇよ」

「あははは、そうか。もうそんなに経《た》つのか。時間の流れとは恐ろしい」

「んで？　俺になんの用だエルカ。単に昔馴染《むかしなじ》みの顔を見に来たって訳じゃあねェんだろ？」

「全く、お前は相変わらずだな。いい加減言葉を飾るということを覚えろ」

「んなこと俺にできるわけねェだろうが。性に合わねェよ」

「フフ、だろうな。お前が変わっていなくて安心したよ。――ならば単刀直入に言おう」

私は一度言葉を区切り、そしてすぐに続けた。

「私の弟子を育てる為にお前の力を貸してほしい」

アルとの会話で遠回りしても意味がない。だから、私も腹を割って話そう。

「一人の孤児を拾ってな、成り行きで剣を教えている。『アベル』というんだが、とてもいい目をしている。きっとお前も気に入るはずだ」

これは私の本心、嘘偽《うそ》りない言葉だ。

「へぇ……才能は？」

「なに？」

「才能はあるのか？」

聞きなれない言葉だった。

アルフレッドという男を知る者であればあるほど、その言葉に耳を疑うことだろう。

アルは平民出身だ。それも極めて貧民に近いほどの貧しい家庭環境だった。誰も剣を教えてくれる者などいない。

だが、アルはそこから這《は》い上がった。途方もない努力を積み重ねることで。

飢えた狼《おおかみ》のような目をした男だった。ただ無骨に剣を振ることで己の道を切り開いてきたのだ。才能がどうなどと口にすることはただの一度もなかった。

……この瞬間までは。しかし、聞かれたからには答える他ない。

「剣の才能は……ないな。珍しく魔法の適性はあるようなんだが、貴族でない以上、属性魔法は使えないだろう」

苦しいな……自分が手塩にかけている弟子を、才能がないと断言してしまうのは。

だが仕方ない、事実なのだから。

それにアベルという少年が持っている本質が、才能などというつまらないものでは決してないということもまた事実だ。

「ただ——」

だから、私は力強く言葉を続けた。

「恐ろしいほどの〝精神力〟を持っている。本当に……恐ろしいほどの。まさしく『化け物』だよ」

そう、私がアベルに見いだした恐るべき力——それは、あのイカれた『精神力』だ。

今思い出しても身震いしてしまう。

「どうだ？　興味がわかないか？」

私はアルに問いかけた。

本当はアベルのことをもっと詳しく入念に話したい。

語りたいエピソードが山ほどあるんだ。しかし、生憎と今はそんな時間がない。

だから問いかけた。アルなら絶対に興味持ってくれると確信して。

……しかし、私の想像していた反応と少し違った。

アルの目は恐ろしく空虚だった。

ソファにもたれ掛かり、天井を見上げながら煙草の煙を吐き出した。

「なあ、エルカ。俺たちはよくこんな話をしたな。剣が先か、心が先か。覚えているか?」

「……あぁ」

私の問いかけに答えることなくアルは語り始めた。

「剣の腕が立つから心が強いのか。それとも、心が強いから剣の腕が立つのか。お前の答えはいつも同じ。心が先……だよな?」

「そうだ。正しき心が先にあり、剣はそれについてくるものだ。少なくとも私はそう信じている」

「俺もそう思う」

私がどんなに才能があろうと弟子にしないことがあるのは、この信念があるからだ。

アルのその言葉を聞き安心した。やはり、アルは昔と何も――

「……いや、そう思っていた」

心臓を握りしめられるような感覚がした。

「……どういうことだ?」

「簡単な話だ。考えが変わったんだよ」

「……剣が先、とでも言うのか」

「いや、ちょっと違《ちげ》ェな。――剣と心は全くの無関係、ってのが俺の答えさ」

アルのその目には、およそ人間らしい感情が見当たらなかった。

「それは違うッ!!」

私は思わず声を荒らげてしまった。

「まぁ、聞けよ」

バンッ、とテーブルを叩《たた》いて立ち上がった私を、アルは至って落ち着いた様子で宥《なだ》めた。

私も友人との問答で取り乱した自分を恥じた。

「ちょっとこっち来い」

アルは不意に立ち上がり、窓際へと向かった。

何を、と思うが、黙って従う。

「見ろよ」

言われるがままに窓の外を覗《のぞ》き込む。そして、私の目に映ったのは美しい中庭と一人の少年だ。金髪金眼のとても端整な顔立ちをした少年。

私はこの少年を知っている――ギルバート家の嫡男、ルーク・ウィザリア・ギルバートだ。

しかし、この少年がどうしたというのか。

「もうすぐ時間だ。いつも通りなら、ルーク様はこれから『型』を始める。それを見て、感想を聞かせてくれ」

「何？　剣術をやっているのか？」

「あぁ、頼まれてな。だいたい一年半くらい前から俺が剣を教えている」

「……ほう」

なるほど、ギルバート卿《きょう》が私に敬意を払っていたのはこのことが起因していたのか。

だが、それでもアルの意図がわからない。剣を握って一年半などたかが知れている。一体何を見せたいというのか。

思案を巡らせながら少年を見ていた。すると、少年が動く。

そのまま剣を取り出した。

そして——あまりにも美しい剣捌《さば》きに心が震えた。

恐ろしく洗練された『型』。

それはもはや剣術の枠を軽く逸脱し、精巧な芸術へと昇華されていた。

目を奪われるとはまさにこのこと。様々なことを考えていたはずの脳は、たちどころに感動の二文字に全て塗り変わった。

あまりにも美しい。

ここまで完璧な『型』は見たことがない。私自身を含めてもその答えは覆らない。

……いや、待て。

待て待て待て。感動のあまりすぐに気づけなかった。

これが……この剣捌きが――

「……一年半……だと？」

「そうだ。これが、これこそが――『才能』だ」

不意にアルを見る。そして、驚愕《きょうがく》する。

とてつもなく不気味な笑みがそこには張り付いていたからだ。

悪魔を崇拝するものが、その悪魔と謁見したかのような。

そんな狂信者の笑みだ。

「アル……お前……」

「……あぁ、すまねぇ。もういい、座ってくれ」

未《いま》だに心がザワつく。力が抜け、倒れるように私は座った。

「どうだ？　感想を聞かせてくれよ」

「……凄《すさ》まじい、の一言だ」

あんなものを見せられればそう言う他ない。これ以上の言葉が見つからない。

「だよな。だがな、ルーク様が善かと言われれば絶対にそうじゃない。もし平民がルーク様にぶつかりでもしようもんなら、躊躇《ためら》いなく蹴り飛ばすだろうぜ？　そういう御方《おかた》だ、ルーク様は」

「…………」

なるほど……あの少年がお前を変えてしまったのだな……。

「才能ってなァ、神の気まぐれで配られてんだよ。そこに善人とか悪人とかねェのさ」

「それは……ッ」

否定したかった。しかし、その言葉は言えない。言えるはずがない。

目の前であんなものを見せられてしまえば。

「今思えば、俺がお前に勝てなかった理由も単純な話だった。お前には才能があって、俺にはなかった。それだけの話だったんだよ」

アルはとても遠くを見るような目をしてそう呟《つぶや》いた。

「…………」

違う、違うだろアル……お前はそんな男じゃなかった……。

「──改めて、お前からの申し出は断らせてもらうぜ。……悪《わり》ィな」

分かっていたさ、そんなことは。お前がすぐに返事をしてくれなかった時点で。

いや──お前の目を見た、あの時すでに。

「俺は近くで見てェんだよ。ルーク様が何を成すのか。それが善だろうが悪だろうが、俺は一番近くで見てェんだッ!! ハハッ、軽蔑したかよ、エルカ？」

「…………」

もはや何も言葉は無い。もういないんだな……あの頃のアルは。

「アベル……だったか？　そのガキがルーク様と対峙《たいじ》することもあるかもしれねェ。その時にできるだけ抗ってくれることを、心から願っているぜェ」

その言葉を最後に、私はギルバート邸を後にした。

「……アベルを育て上げよう」

それに私の全てを懸ける。でなければ、あのルークという少年には絶対に勝てない。

心の奥底から熱い炎が吹き上がるのを確かに感じた。

§

エルカの言葉に背中を押され、アルフレッドはアベルという少年の第二の師となるはずだった。

しかしそうはならず、エルカとアルフレッドは異なる道を歩み始める。

その原因は言うまでもなく、『ルーク・ウィザリア・ギルバート』という男の理解を超えた〝才能〟だろう。――いや、真に恐ろしいのはそんな男が〝努力〟し始めたことか。

そう、この物語はすでに狂い始めていたのだ――。

第二章　努力の影響

1

国から独立した機関であり、主に魔物の討伐を生業としている。

――『冒険者ギルド』

そのため、〝冒険者〟となった者が戦争や政争などの国家に関わる争いに利用されることはない。ミレスティア王国はその限りではないが、戦争の際に市民を徴兵する国家も当然存在する。

そういった背景もあり、冒険者とは平民にとって人気の職業の一つなのだ。

だが、望めば誰しもが冒険者となれるわけではない。

冒険者に求められるものはたった一つ——『力』である。

高貴な身分だろうが、高潔な精神を持っていようが、魔物を討伐する〝力〟がない者が冒険者となることはできない。

逆に力さえあるのならば、どんな者であろうと冒険者となることができるのだ。

そのため国家を脅かす武力集団となりえる危険性もあるのだが、厳しい規律のもとそのようなことは全くと言っていいほど起こったことがないという歴史が、冒険者ギルドが信用され存在を許される理由である。

また、冒険者となった者は国家の垣根を越え自由に活動することができる。

ミレスティアつまりは様々な思想や価値観を持った者達が同じ場所に集うということであり、いわゆる冒険者同士の〝揉《も》め事《ごと》〟が起きることも珍しくない。

まあ、ミレスティア王国は魔法至上主義であることが広く知れ渡っているため、他国の冒険者がこの国を訪れることは珍しいのだが。

これらの理由により、市民の多くは冒険者ギルドに〝荒くれ者の集団〟という印象を抱いているが、実際それを否定することはできないだろう。

問題点がないわけではないが、それ以上に冒険者の需要は大きい。それほど魔物の被害は後を絶たないのである。

ゆえに、今日という日も冒険者ギルドはとても賑《にぎ》わって――いなかった。

「先程、5番目のAランク冒険者パーティー『灰狼《はいろう》の爪痕』がしばらく活動を休止すると報告しに来たそうです」

「はぁ……」

「事態は深刻ですよ。ため息をついてる暇はありません」

「あー、エルカさん美人だったなー。王都に帰っちゃう前にお茶にでも誘っとけば良かったなー」

「いい加減、3ヶ月も前の話をするのはやめて下さい。現実逃避をやめ、決断しなければギルドが潰れます」

「はぁ……具体的には？」

「分かってるでしょう。この『依頼』を断って下さい」

「ムリムリムリっ！　アルさんがどんだけ怖いかお前も知ってるだろ⁉」

「ですが！　断らなければギルドが潰れます！」

「……ぐぬぬ」

ここはギルバート侯爵領、都市『ギルバディア』にある冒険者ギルド。

苦悶《くもん》の声を上げるのはギルドマスターを務める『ドルチェ・パンナコッタ』という男だ。

「はぁ……でもさすがに断らないとな。自軍の騎士を使えばいいものを、こんな依頼をわざわざ冒険者に出すもんだから何かあるとは思っていたけど……勘弁して下さいよアルさん……」

ドルチェは手元にあるその依頼を改めて見る。

そこにはこう書かれていた。

『ギルバート家嫡男〝ルーク・ウィザリア・ギルバート〟との近接戦闘による模擬戦を行ってもらう。武器は自由。この模擬戦において〝ルーク・ウィザリア・ギルバート〟が如何《いか》なる負傷をしようとも貴殿に一切の責任を問わない。ただし、貴殿が負傷した場合はギルバート家が相応の謝礼を支払うことを約束する。報奨金は下記の通り。ただし、もし勝利したならば報奨金は2倍とする。　報奨金：金貨1枚』

金貨1枚。

並の冒険者にとっては大金だ。

これだけで、贅沢三昧《ぜいたくざんまい》の夜を過ごしたとしても1週間は食べていける。

それがたった1回の模擬戦で手に入ってしまうのだ。何か裏があると勘ぐりつつも、手を出してしまうのは仕方がないというものだろう。

しかも命の危険性は皆無であり、希望のランク指定もないためギルドとしてはどのランク帯の冒険者に対しても受注可能とする他ない。

だが——これはまさしく『悪魔の依頼』であった。

たった3ヶ月。

この依頼を受けた5つのAランク冒険者パーティーが無期限活動休止を表明したのだ。

ここで少し冒険者の話をしよう。

冒険者にとってAランクになることは一つの登竜門だ。なぜなら、才能の無い者はどんなに努力を積み重ねようとも、Bランクまでしか到達できないというのが冒険者の共通認識だからである。

ゆえにAランク冒険者には確固たる矜持《きょうじ》がある。Bランク以下の冒険者とは比べるべくもない、自身の『力』への矜持だ。

もちろんさらに上はある。

Sランク、そして最上位であるXランクと呼ばれる者たちだ。

しかしそれは『真の英雄』や『逸脱者』と呼ばれる、ほんのひと握りの選ばれた存在にのみ許される称号であり、そもそも目指す者があまりに少ない。

ゆえに大半の冒険者が目指すところはAランクなのである。


さて、話を戻そう。

なぜ5つのAランク冒険者パーティーが無期限活動休止をしたのか。

それは途方もない努力の果てに手に入れたその『矜持』が、あまりに無価値で意味のないものだと気づかされたからだ。――本物の『化け物』との邂逅《かいこう》によって。

『話にならない、時間の無駄だ。なぜギルドはこうも弱い冒険者ばかり寄越《よこ》す』

『この前来たのは確かCランクの冒険者だったな。お前もそうなのか？』

『Aランク？　何だそれは。Cランクではないのか？　なぜ実力が同じ者達を分ける必要があるのだ。ギルドの等級制度とやらは当てにならんな』

真に選ばれた者からすれば、選ばれなかった者など皆等しく有象無象でしかない。

どんなに努力を積み重ねようと本当の高みには決して届かないのだ。

どんぐりの背比べをして喜んでいただけ。

あまりに滑稽な話じゃないか。


そう、彼らは様々な苦難を乗り越え手にしたその『矜持』を否定された。これまでの全てを嘲笑《あざわら》いながら否定されたのだ。

あまりに残酷で——そして、ありきたりなこと。

しかし見方を変えれば、彼らは今ふるいにかけられているのだ。

ここでもう一度立ち上がるか、そのまま沈み続けるのか。高みを知って、尚《なお》立ち上がることができた者は強い。

立ち上がったとしても、『真の英雄』へと到《いた》ることはできないのかもしれない。

それでも、以前の自分よりは確実に一歩先へと進むことができるだろう――。

§

えっと、この2年位で気づいたことがある。

もはや俺の傲慢さは抑えることができない。どんなに必死に抗《あらが》っても無駄なんだ。この呪いを解く方法は多分――ない。

まったく……俺はこれからも敵を作り続けることになるのか。冒険者さん達にもだいぶ失礼な態度とったし。恨まれてるんだろうなぁ……。

嘆いても仕方ないんだけども。

やっぱり……一番不安なのは、対等な存在に負けることだ。アルフレッドさんの場合はあまりにも歳《とし》が離れ、経験の差がありすぎた。

でも、それが同い歳の相手だったらどうだ？

そんな相手にもし負けた場合、俺は心を保つことができるのか？

——否だ。


もし負ければ、膨大な自尊心は音を立てて崩れ落ち、俺の自我は崩壊する。

その時点でバッドエンド。それほどに、〝ルーク〟の意志は強烈だ。

そうなるとやはり……俺は勝ち続けるしかない。腹を括《くく》るしかないんだ。


——受け入れるべき……だな。


恐らくは、この肉体に宿る強烈な『ルークの意志』。今後勝ち続けなければならないとすれば、これを拒否するのではなく、受け入れるべきだ。

その方がいいと本能でわかる。

よりルークらしく、より強くならなければ——いつか必ず限界がくる。僅《わず》かな差が勝敗を分けるような場面で、勝つことができない……可能性がある。

だとすれば受け入れるべきだ。

勝利というこの一点だけは、絶対に妥協しないと決めたのだから──。

「…………」

──ふむ。

己こそが最上位。俺より上には誰もいない。そうであると信じ、微塵《みじん》も疑わない傲慢なる心。

今までとは似ても似つかない……はずだが。明確に、『馴染《なじ》む』という感覚がある。

元々そうあるべきだったものが、ようやくその本来の姿を取り戻したかのような。

「……楽、だな」

他人を見下すことに抵抗があった。

しかし……俺は『ルーク』だ。誰であろうと見下す方がむしろ自然。

そう考えた瞬間、心が楽になった。

「……チッ」

その時、珍しい光景を目にした。
アルフレッドさんが誰かと話してると思ったら、思いっきり舌打ちをしていたのだ。隠す様子なく。
舌打ちをされた男はペコペコと何度もお辞儀をして、逃げるように立ち去っていった。

「どうした、何かあったか？」

理由を聞いてみることにした。

「……それが、ギルドマスター自ら『依頼』を拒否されてしまいまして」

「そうか」

……なるほど。

正直、あの冒険者たちとの戦いは実につまらないものだった。

冒険者さんとの模擬戦は、アルフレッドさんがあとは実践あるのみと言って始めたことだ。しかし、実際はつまらないの一言に尽きるものだった。

……やはり、楽だ。

今まではこういったことを意識して考えないようにと抗っていたが……受け入れた途端、とてつもなく楽になった。

表現を濁《にご》さずに言えば、あの冒険者共は話にならないほどに弱かった。それに加え、この都市の最高ランクの冒険者だというのだから、期待はずれもいいところだ。

「――ちょうどいい」

ふむ、いいタイミングだろう。

そろそろ始めたいと思っていたのだ。

「頃合だ。――『魔法』について知りたい。父上に伝えろ。魔法省に連絡し、魔法鑑定官を呼んでくれとな」

「と、言いますと？」

§

――これはありふれた悲劇の物語。

ミレスティア王国において、平民なら二つ、貴族や王族ならば三つの名を持つ。

しかし、その少年は『アベル』という名しか持たない。

そう、孤児なのである。

アベルは小さな村の小さな教会で育った。そこでの暮らしは決して楽ではない。日々畑を耕し、薬草を集め何とか生計を立てる。

それでやっと辛うじて空腹を満たす程度の食事ができる。裕福とはかけ離れた生活だ。

しかし、アベルはただの一度も自分が不幸などと思ったことはなかった。

教会のシスターや他の孤児は本当の家族のようであり、最年長であったアベルはとても慕われていた。村の皆も孤児だからという理由で差別する者は誰一人としていなかった。

貧しくもその心には思いやりがあり、皆助け合いながら生きていたのだ。

アベルはどんなに辛くても笑顔の絶えないこの村のみんなが大好きだった。

幸せだった。本当に幸せだったのだ。

この幸せがずっと続いていくのだと信じていた。

しかし——それはあまりにもあっけなく終わりを迎える。

ある日、笛の音が聞こえた。

それは思わず立ち止まってしまうほど美しく、それでいてどこか悲しげな音色。

その後、重い足音と共に『フォレスト・ジャイアント』と呼ばれる魔物が突如として現れ、村を襲った。この魔物は圧倒的巨軀《きょく》を持つだけでなく、知能も高いため集団で狩りをするという特徴がある。

なんの武力もありはしない村人たちに逃げ場などあるはずもなかった。

シスターは子供たちを別々の場所に隠れさせた。誰か一人でも生き残れるようにと。

その言葉に従いアベルも隠れた。だが、隠れていても聞こえてくる。

村人たちの悲鳴。
グチャリ、と何かが潰される音。
耳障りな笑い声。
当時のアベルにとってそれはとても耐えられるものではなかった。
耳を塞いだ。しかし、それでも聞こえてくる。
誰かが殺し、誰かが死ぬ音。

聞きたくない。
聞きたくない。
聞きたくない。

嫌だ、嫌だ、嫌だ、嫌だ、嫌だ――。

そう――これはありふれた悲劇の物語。

§

ラムリー子爵家は領土を持たないため王都で暮らしている。

しかし、次女『リリー・エイクリル・ラムリー』はそこに何の不満もなかった。この美しい王都の街並みが好きだったからだ。

「爺《じい》や、散歩へ行くわ」

「かしこまりました、お嬢様」

身支度を終え、外へ出る。

これは彼女がもう何年も続けている日課であり、代わり映えしない世界に少しでも彩りを与えるためのもの。散歩ルートのパターンも既に確立されている。

ただ、

「……えっと、きょ、今日もエルカさんの所に行くわ！」

「かしこまりました、お嬢様」

約一年前、長年変わることのなかったそのパターンは大きく変わった。ここ最近はエルカの道場に赴き、そこで幾許《いくばく》かの時間を過ごし、そして帰る。

これが、彼女の『散歩』なのだ。

「……迷惑、と思われるかしら？」

「いえ、そのようなことは全くないかと。お嬢様自ら赴かれるのですから、むしろ光栄でしょう」

「そ、そうよね！　そうですわよね！　行くわよ！　爺や！」

「かしこまりました」

爺や、と呼ばれる執事のポールは代々ラムリー家に仕えており、リリーが物心つく前から側で成長を見守ってきたのだ。多少甘くなってしまうのも仕方がないことだろう。

数人の護衛を連れ、リリーは街を歩く。

美しい街並みだが見慣れたものだ、そこに大きな感情の波はありはしない。

それでも、リリーの足取りはとても軽やかだった。

しばらく歩けば目的の場所が見えてきた。

「ヤァァァァァァッ!!!」

耳を劈《つんざ》く裂帛の気合。

最初は野蛮と思っていたリリーだが、今となっては慣れたものだ。

そして、なんの考えもなくここへ来た訳ではない。休憩に入る時間帯はすでに把握しているのだから。

「ここまで。一旦休憩とする」

「ハァ……ハァ……ありがとう、ございました……」

中から声が聞こえてきた。予想通り、タイミングは良いようだ。

「爺や」

「かしこまりました」

ポールはその威厳溢れる四脚門をノックするために歩みよるが、その必要はなかったようだ。ギイィィ、という音を立て自然と開かれた。

「よく来た。入るといい」

「え、えぇ……」

出迎えてくれたのは元王国騎士団団長、エルカ・アイ・サザーランドその人である。

リリーはほんの少しだけエルカのことが苦手だった。今回もそうだが、全てを見透かされているような不気味さがあるのだ。

なんでいつも来るタイミングがわかるのかと聞いたこともあるが、笑いながら『何となくだよ』としか言われなかった。それがなんとも不気味だ。

とはいえ、苦手なだけで嫌いという訳ではない。リリーは促されるままに道場の中へと入った。

中に入り、最初に目に付いたのは地べたに大の字となって横たわるボロボロな黒髪の少年だった。その姿にリリーはほんの少しだけ笑みを浮かべた。

「今日も随分とやられたようね、アベル」

「ハァ……ハァ……リリー」

少年──アベルは肩で息をしながらリリーを見た。

「何？　来たら悪いのかしら？」

「ご、ごめん。そんなことない、嬉《うれ》しいよ」

「フフっ」

ちょっと強い口調を使えばアベルはいつもドギマギとしてしまう。

その様子が可愛《かわい》いのだ。だからリリーはついからかってしまう。

「……やっぱり、訓練を続けているのね」

「うん」

アベルは縁側に座り、ゴクゴクと水を飲み干した。

礼儀作法のれの字もないが、リリーに気にした様子はない。

「──『アスラン魔法学園』を諦める気はないのね」

「うん」

「………」

アベルの返答は早かった。

剣聖に匹敵する剣の腕を持ちながら、伝説の魔法使いでもある神話の英雄『アスラン』。その名を冠する『アスラン魔法学園』は言わずと知れた王国最高の魔法学校である。

受験資格は『魔法の適性があること』のみ。だが、それはあまりに言葉足らずだ。『属性魔法の適性があること』と言う方が正しいだろう。

それは言わずと知れた不文律。

完全実力主義のその学園において、誰もが当たり前と考えて疑わない真実である。それほどに属性魔法を使える者とそうでない者では差があるのだ。

小競り合いのような戦争に属性魔法使いが利用されることはない。

なぜか──死者の数が跳ね上がるからだ。

もしも幾人もの属性魔法使いが動員される程の苛烈な戦争が起きたならば、その戦場は死屍《しし》累々の世界へと変わり果てるだろう。

アベルはなぜそんなにもアスラン魔法学園にこだわるのか。王国騎士や冒険者じゃダメなのか。

どんなに剣の腕を磨いても、多少無属性魔法が使えようと、属性魔法が使えないのであればあまりに無謀だ。

どうしてそこまで──強さにこだわるのか。

リリーはアベルが傷つく姿を見たくなかった。

どうすれば諦めてくれるのか、最近はそんなことばかり考えていた。

「無駄だよ」

「……え」

「誰に何を言われても僕は僕の道を曲げない。──決めたんだ。もうずっと昔に」

「………」

（ほんと、エルカさんに似ているわね……）

全て見透かされているようだった。

「僕は強くなる。それだけは死んでも妥協しない」

リリーはアベルを見る。

その目の奥、そこにあるのは光や希望などでは決してない。

ドロリ、と蠢《うごめ》くそれは――『闇』だ。

深く底の見えない、全てを呑み込んでしまいそうな程の闇である。

ゾワリ、と背筋に冷たいものが走った。

「……ハハっ。ごめんね、急に。変なこと言って」

だが、その危険な雰囲気は一瞬にして霧散した。

少しドジで呆《あき》れる程お人好《ひとよ》しないつものアベルがそこにいた。

「まったく、身の程知らずにも程度というものがあるわ」

「あはは……だよね」

バツが悪そうにアベルは頬《ほお》をかいた。

「――でも、少しだけ尊敬するわ」

「え？」

出会った当初、リリーは傲慢な貴族そのものだった。

それを知るからこその驚きだった。

「なによ！　何をそんな驚くことがあるの！」

「だってリリーが……」

「あぁ、もういいわ！」

リリーは気恥ずかしさを紛らわすように勢いよく立ち上がった。

「今日は報告に来たの。私――『水』の適性があるんだって」

「え、本当に!?　おめでとうリリー!!　凄《すご》い!!　本当に凄いよ!!」

「そ、それほどでもないわよ」

それは屈託のない笑み、賞賛だった。もし逆の立場だったなら、とリリーは考えずにいられなかった。こんなにも心から賞賛することができるだろうか、と。

「だから――私も『アスラン魔法学園』を目指すわ。これからはライバル、覚悟することね」

「……はは」

アベルは嬉しかった。

こんなにも才能溢れるリリーが、自分を〝ライバル〟と言ってくれることが。

だが、その程度で満足してはダメだ。

「負けないよ」

ちょっとくらいカッコつけたい、だからアベルは笑った。

きっと、険しい道だ。細く、一歩間違えばすぐさま谷底へ落ちてしまうような、そんな道。

いや、それどころか道すらないのかもしれない。

それでも、アベルは決めたのだ。

もう——何者にも奪わせはしない、と。

2

「あぁー、ヒック……」

Aランク冒険者『ザック・カリソン』のここ最近の日常は、日がな一日酒に溺れること。

酒に酔っている間だけは全てを忘れられるからだ。

そう――あの身の毛もよだつ恐怖を忘れられるのである。

「……クソっ」

またしても脳裏に過《よ》ぎるその光景をかき消すため、ザックは勢いよく酒を流し込む。宿の主人が朝から酒に溺《おぼ》れる男にため息をつくが、そんなことはどうでもいい。

もう、全てがどうでもいいのだ。

――『英雄』に憧れていた。

吟遊詩人の詠《うた》う冒険活劇が好きだった。

だから冒険者になった。だが、現実はそう甘くなかった。何度も壁にぶつかった。

それでも、ガムシャラに努力した。コツコツと積み上げた努力はついに実を結び、齢《よわい》三十を迎える頃ザックはついにAランク冒険者となることができたのである。

そう、頑張ってきたのだ。本当に頑張ってきたんだ。……なのに、

――『なんだ、この程度か』

ゾワリ、と背筋に氷を当てられたように身震いした。

(……死ぬまで忘れられねぇだろうな)

ザックのメイン武器はルークと同じ『ロングソード』である。

だからだろう。

ほんの数回剣を交えただけで理解した。

理解させられてしまった。

――どう足掻《あが》いても勝てない、と。

そして極めつけはあの目だ。全てを見下すあの目。

これまでやってきたことなんて何の意味もないのだと言われているようだった。

ザックはまた酒を飲む。嫌な記憶を洗い流すように。

その時、ギィィ、と音を立て宿の扉が開いた。

何となく目を向ける。

入ってきたのは、平民という身分でありながら王国騎士団副団長という地位にまで上り詰めた男、『アルフレッド・ディーグ』その人であった。

「アルさん」

「……チッ、ガキが。見てらんねェなァ」

返ってきた言葉は辛辣そのものであった。

実の所、ザックはアルフレッドと同じ村の出身なのだ。ゆえに、『あの依頼』はザックにとってとても都合が良かった。尊敬するアルフレッドに今の自分を見せることができる。

Aランク冒険者となった、今の自分を。

だが、その結果はザックの望むものではなかった。

「……すんません」

ザックは目を逸《そ》らした。何も言い返せなかったから。

いや、本当に目を逸らしたかったのは弱い己自身だろう。

「テメェがなりたかった『冒険者』ってやつは、随分と軽いなぁザック」

「…………」

「まぁいい。お前に客が来ている」

「……客？」

少し考えてみるが何も思い当たることはない。そんなザックを他所に扉は開く。

入ってきたのは親子と思わしき女性と子供だった。

「あの、『灰狼《はいろう》の爪痕』のザックさんでしょうか？」

「え……あ、はい。俺はそのザックですが……」

ザックがそう言うと、途端に女性と子供は花が咲いたような笑顔となった。

「『バジリスク』を倒していただき、本当にありがとうございました！　私達だけでなく、村の皆が感謝しています！」

「ありがとうおじさん!!」

それは嘘《うそ》偽りない感謝だった。

「……い、いや……俺は依頼をこなしただけですんで」

「それでも、本当にありがとうございました」

ひとしきり感謝を述べた親子は、何度も頭を下げながら帰っていった。後に残ったのは、ただ呆然《ぼうぜん》とするザックと事の成り行きを黙って見守っていたアルフレッドのみ。

「アルさん、こりゃあ一体……」

「さぁな、俺は頼まれただけだ。もう行くぜ。こんなしみったれた野郎に構っているほど暇じゃねぇんでな」

それだけ言うとアルフレッドも去っていった。

ポツンと取り残されたザックは少しだけ呆気《あっけ》にとられ、それからグラスに僅かに残った酒をグビっと飲み干した。

「……ありがとう、か」

面と向かって言われたのは随分と久しぶりのことであった。

依頼を受け、金を稼ぎ、名声を高める。

そんな日々だった。だから、いつしか忘れていたのだ。

なぜ冒険者になったのか、どうして英雄に憧れたのか。――その本当の理由を。

「まあ……誰かの役には立っていたらしいな」

高みはある。

どんなに手を伸ばそうとも届かない、高みが。

それでも、必死に足搔いて積み上げてきたものが無駄なんてことは決してないのだ。

なぜなら、きっと誰かがその力を必要としているのだから。

なぜなら、どんなに偉大な英雄であろうと人類全てを守ることなどできはしないのだから。

「……ははっ、ガキだなぁ俺は」

この日、ザックのグラスに再び酒が注がれることはなかった。

数日後、Aランク冒険者パーティー『灰狼の爪痕』が活動を再開することになる。

そして更にその数日後――ザックはこの出来事が、冒険者ギルドの現状を聞いたアルフレッドの取り計らいであったことを知ることになる。

§

ミレスティア王国の旗を掲げた精巧な模様の施された馬車が走る。

様々なマジックアイテムを惜しみなく使われているそれは、どんなに荒い場所を走ろうとも中に乗る者が大きな揺れを感じることはないだろう。

その馬車の周りを十人の純白の鎧《よろい》に身を包んだ者達が馬に乗り並走している。王国騎士団の者達だ。

彼らは馬車に乗る者の護衛がその任であるのだが、これはいわゆる体裁にすぎない。

なぜなら──馬車に乗る者の一人は『属性魔法使い』なのだから。

「ギルバート家。極めて高い魔法適性を持つ家系ですが、ここ数年、〝属性〟の発現はみられないようですね」

「あぁぁぁぁ、早く帰りたいぃぃぃぃ。……なんで私なんだろう。外は辛い。家にいたい。陽《ひ》の光が憎い」

「……ギルバート家は力を持った大貴族です。くれぐれも失礼のないようにお願いしますよ。できるだけ私もフォローしますが」

「分かっているよ補佐官くん。私を誰だと思っているのかね」

──『アメリア・フォン・エレフセリア』

様々な肩書きを持つ彼女だが、その最たるものは『属性魔法研究局長』というものであろう。

魔法省において様々な研究を行う魔法研究部。その中でも、属性魔法をメインに取り扱うのが属性魔法研究局である。

二十二歳という異例の若さで属性魔法研究局長という座についた彼女は、紛《まご》うことなき逸材だろう。そして、この国で最も属性魔法に対して造詣の深い人物の一人でもある。

だが、現在のアメリアの肩書きは異なる。

彼女は今、『魔法鑑定官』という魔法適性や属性の有無を判断する役職の人間としてこの馬車に乗っているのだ。

「はぁぁぁぁ、こんな資格とるんじゃなかったぁぁぁぁぁ」

属性魔法の研究をする上で便利そう、という単純な理由で彼女はこの資格を取得したのだが、それが今回災いした。『〝最も優秀な〟魔法鑑定官を派遣しろ』というのがギルバート家からの要請であり、それに対しアメリアはあまりにも都合が良すぎたのである。

ギルバート侯は王に次ぐ領土を持つ大貴族の一人であり、保有するその軍事力と財力はとても軽視できるものではない。

そのため、王宮は今回の要請も無視することができなかったのだ。

たかが魔法適性の鑑定であるのにもかかわらず、なぜ〝最も優秀な〟という条件を出してきたのかに関してかなりの議論がなされた。どういった意図があるのか、どういった裏があるのか。

様々な憶測が飛び交ったのだが、実はそれが単にルークを溺愛する結果であることは知る由もないだろう。

「そう気を落とさないでください。もしかしたら、〝希少属性〟を発現させているかもしれませんよ？　例えば――」

「――『光』とか？」

補佐官として派遣された男の言葉を遮るようにアメリアは言葉を被《かぶ》せた。

「んー、だったらいいんだけどねぇ。期待はできないかなー。だって最後に希少属性が確認されたのいつだっけ？　えっと確か……アスラン魔法学園の前学園長、そのお師匠さんが確か『光』じゃなかった？」

「ええ、記録ではそうなっておりますね」

「はぁぁぁぁ、見たいなぁぁぁぁ。前学園長は三つの属性を極めた超激ヤバ魔法使いだったはずだけど、噂《うわさ》ではそのお師匠さんに手も足も出なかったらしいからねー」

「信じ難《がた》いです」

「見たいなー、超見たいなー。あー寝る。着いたら起こしてね」

「かしこまりました」

そう言って、アメリアは常に眠たげなその目を静かに閉じた。

§

馬車を降りたアメリア達を出迎えたのは、ギルバート家当主『クロード・グレイ・ギルバート』、そして執事のアルフレッドに加え数人の供回りであった。

クロードの顔立ちはとても彫りが深く、綺麗《きれい》に整えられた口髭《くちひげ》がその威厳を更に際立たせている。しかしその眼光は猛禽類《もうきんるい》のように鋭いため、彼を目にする者に畏怖を与える。

初見でクロードが超がつくほどの子煩悩であることを見抜くことはとても至難だろう。

「お初にお目にかかります、ギルバート卿《きょう》。本日魔法鑑定を担当させていただきます、アメリア・フォン・エレフセリアと申します」

「あぁ、よく来たなアメリア殿。君のことは聞いている。安心して息子の鑑定を任せられるというものだ」

「恐縮です」

今のアメリアには、もはや馬車で見せたような気だるげな雰囲気はなかった。

「さっそく頼むよ。アルフレッド、部屋に案内してくれ。私は息子を連れてこよう」

「かしこまりました、旦那様。どうぞこちらへ」

アルフレッドに案内された部屋でアメリアが待つこと数分。ガチャリ、と扉が開かれる。

そこには三人の人物、ルークとその両親である。

「……なぜお前まで来るんだ」

「息子の魔法鑑定よ！　見逃せるはずないじゃない！」

「はぁ……アメリア殿、すまないが我々も同席させてもらっても構わないかね？」

「もちろんです」

そのやり取りを意に介することもなく、ルークはアメリアの対面に座った。

「お前がそうか。優秀だそうだな」

「……恐縮です」

当然のようなルークの上から目線。それにほんの僅かにムッとしてしまうアメリアであったが、それを表に出すことは決してない。

「まあいい。さっさと始めてくれ」

「その前に一つ確認させていただきます。鑑定の結果もしも何れ《いず》かの『属性』を有していた場合、『属性魔法行使資格』の取得義務が発生致します」

「……つまりどこかの魔法学校に入学し、卒業しないといけないわけか」

「その通りです」

「ふむ」

ルークは少し思案する。

(まあ、これは〝鎖〟だな。属性魔法使いの国外流出を避けたいんだろう)

色々考えてはみるが、どのみちここで魔法鑑定を受けないなんて選択肢はない。

「構わない」

「かしこまりました。それでは、〝情報魔法〟の『鑑定』を使わせていただきます」

そう言うと、アメリアは片手をルークに向けた。

そこに幾何学的な模様をした魔法陣が現れ——そして消えた。

「……え」

「なんだ、どうした？」

魔力が吸われる感覚。

アメリアの明晰《めいせき》な頭脳はその答えを即座に導き出すが、彼女自身が信じられなかった。

故に数秒間フリーズしてしまう。

「……もう一度」

冷や汗が垂れる。

――まさか、という思い。

再び『鑑定』を発動させる。やはり、魔力が吸われる感覚がある。

だからそれ以上に魔力を注ぎ込まねばならない。

そして、疑惑は確信へと変わる。


「――ヤミ」


鑑定結果を確認したアメリアがポツリと呟《つぶや》いた。

「なんだ、なんと言ったのだ。息子に属性魔法の適性はあるのか？」

ルークの何十倍も緊張し、その結果を待っていたクロードの声が響く。

しかし、その返答はあまりに予想外のものだった。


「――『闇属性』だァァアァァァァアァアッ!!! やっべぇぇッ!! マジやっべぇぇぇッ!!」

突然の奇声。

アメリアの豹変《ひょうへん》。

誰もが言葉を失う中、ルークは静かに落胆していた。

（『闇』って……悪役のそれじゃん……）

§

——バタフライエフェクト。

ルークが剣術を始める。

一日たりとも欠かさず剣術の鍛錬に励むルークの姿にクロードが心打たれ、彼の子煩悩が大きく悪化。

その結果、魔法鑑定官を召喚する際に『最も優秀な』という文言が追加される。

王宮はギルバート家の要請を無下にできなかったため、優秀だが魔法狂い気質のあるアメリアを派遣。

本来、後々聞かされるはずだったルークの『闇属性』を直に確認。

そして――アメリア、魂の絶叫。

2・5　幕間《まくあい》　アメリア局長の日記

○月○日

信じられない。

私は今日という日を死ぬまで忘れないと思う。

『闇属性』なんて何百年ぶりだろう。少なくとも過去百年その記録はないはず。

驚きのあまりちょっとだけ粗相をしでかしちゃった、反省。

でもこの知的好奇心を抑えることはできない。無理、絶対に無理。

だって知りたすぎるもん『闇属性』!!

明日にでも私はしばらく『ギルバディア』に残ると魔法省に連絡しよう。そしてギルバート卿にルーク君の『闇属性』について研究をさせて欲しいと頼む。

うーん、交渉事は苦手なんだけど。

うまくいきますように。

○月×日
結果から言うと交渉はうまくいった。

でも、ギルバート卿にルーク君に魔法を教えてくれと頼まれちゃった。

……教えるのは苦手なんだよね。どのみち魔法の基礎を固めないと属性魔法は使えないから、誰かが教えなくちゃいけないんだけど。

一応、アスラン魔法学園の教員資格も取ってはいるんだけどさー。

ただそれはあの学園に自由に出入りしたかったってだけの理由なんだよね。

あそこの大図書館とかめっちゃいいし。研究設備も整っているし、資格があれば面倒な手続きも必要ないからすっごい便利。

でも、はっきり言って後進育成なんて興味ない。

はぁ……不安だなぁ、学生の頃から私が教えてもほんと誰も分かってくれなかったし。

○月△日

……ルーク君の魔法指導を始めて一日目。

今日という日ではっきりしたことが一つある。

それは、ルーク君に教師なんて必要ないってこと。

何あの子ッ!!　マジでやばいんですけどッ!!　あんなのただ魔法書を渡しとけばいいだけじゃんッ!!

私は色んな人から『天才』と言われてきた。正直、客観的に見ても私は魔法の才能がある方だと思う。大抵のことは苦労せずできたから。

……でも、ルーク君はそんな次元じゃない。

一体どこに、初めての魔力操作であそこまで緻密な制御ができる人間がいる？

魔法を学び始めて一日目で、いくつもの無属性魔法を使える人間がいる？

答えは――否《いな》。

そんなことは不可能……だと思っていた。けど、ルーク君はそれを目の前でやってみせた。

やばい、やばすぎるよ……本当になんなのあの子。

○月◇日

保有魔力量は才能、捻出魔力量は努力。
よく言われる言葉だけど、私の見解は違う。どっちにも才能は必要だよ。
でも、努力じゃどうにもならないのが保有魔力量ってだけ。
今日、情報魔法『魔力知覚』を使って驚いた。
これは魔力を視覚的に捉えることができる魔法。
私はルーク君の膨大な魔力を文字通り見た。
学園長や魔法騎士並じゃないかな、あの魔力量は。いや、それ以上かも。
まあここに来たときからすっごい魔力なのは感じていたけど。
ギルバート卿《きょう》もものすごいし、これは血筋だね。
とりあえず今日も順調、いつものように私の想像を超えてくる。
ここまでくると教えるのがちょっと面白くなってきたかも。

○月□日
……やっべぇ。マジでやっべぇ。
たった十八日。
本来数年の時間を費やすはずの魔法の基礎を、ルーク君はたった十八日で全て習得してしまった。もうほぼ全ての無属性魔法が扱えるって……マジでやばすぎる。

ギルバート家嫡男の噂《うわさ》は聞いていた。貴族でありながら剣術をする変わり者だって。

ここ二年ばかり貴族の間でそう囁《ささや》かれていたことは、研究ばかりで世情に疎い私でも知っている。だからってのもあるけど、最初にこの話をされたとき、魔法学園を受験可能となる十五歳までには間に合わないと思った。

だって、後二年もないから。でも実際は真逆。

常軌を逸した魔法の才能を持つ『化け物』だった。

それが努力も怠らないんだから本当に恐ろしい。

そして、ついに……ついに明日から属性魔法の指導に移れる!!

やったァァァァッ!!　あぁもう待ちきれない!!

ワクワクしすぎて今日は眠れる気がしないよぉ。

○月◎日
『光』は何者をも寄せ付けず、『闇』は全てを呑み込む——という伝承が示すように、光属性は『反射』、闇属性は『吸収』という特性を持つ。

これは正しかった！　まあ、このくらいの記録は残っているんだけど、実際に目にするとやっぱり感動しちゃう！

『魔法を吸収する』という特性。本当に凄《すご》いよ！　もうやばすぎっ！

とはいえ、ここからはどう教えたらいいか悩んじゃっているんだよね。

希少属性は前例が少ないから、教えるのも難しい。

というか、自分で切り開くしかない部分があまりにも大きいんだよね。

だからとりあえず私の属性魔法を見せることにした。

私の属性は――『音』。

ぶっちゃけ、私の音属性は強い。すっごく強い。

私の属性魔法はその全てが〝不可視〟であり〝音速〟。

並の人間が私と敵対したとすれば、何をされたかまるで分からないまま死ぬことになると思う。

ルーク君には『音の矢』という魔法を見せた。極めて初歩的な魔法だけど、そこに音属性が加わることでそれは不可視で音速の一撃となる。

うん、我ながら強い魔法。

いつも上から目線なルーク君が、それを見た時は少しだけ驚いていたのはちょっと可愛《かわい》かった。

許容上限はあるだろうけど、闇属性には『吸収』という特性があるから理論上は最強の矛にも盾にもなる。……だけど、私の魔法を防げるかはまた別の話。

私の魔法を見てから防ぐのは無理。魔法の発動が間に合わないから。

ルーク君はその事を即座に理解したんだと思う。

その場で考え込んじゃった。結局、今日はこれで終わり。

うーん、やっぱりいきなり私の魔法見せるのは良くなかったかなぁ。

教えるってほんと難しい。

○月#日
やばいやばいやばいやばいやばいやばいやばいやばいやばいやばいやばいやばい
やばいやばいやばいやばい……本当にやばい。
ルーク君はそれを――『闇の加護』と名付けた。
魔法使いであれば誰しもが持つ『魔力感知』。
魔力を感じ取るという、魔法ですらないとてもシンプルな能力。

そして、初歩的な防御魔法である『魔法障壁』。

ルーク君はこの二つを〝リンクさせた〟と言っていた。

私でも理解不能な理論。属性魔法研究局長であるこの私でも。

『闇の加護』は、魔力を感知した瞬間に闇属性の『魔法障壁』が発動するというもの。つまり、この魔法によりルーク君は、半自動的に他者の魔法を防ぐことができる。

意識する必要すらなく、もはや不可視であるとか音速であるとか関係がない。

試してみろって言われたとき、最初私は信じられなかった……だけど欲に抗えなかった。

私の魔法はどんなに威力を弱めたとしても、直撃すれば大怪我《けが》は免れない。

それでも、それでもどうしても無理だった。試したいという抗えない欲求。

今思えば本当に自分本意だったと思う。

だけど……ルーク君の言葉は本当だった!!!

私の魔法は完全に防がれた!!　やばいよ!!　これは本当にやばいよ!!

ルーク君言わく、『闇の加護』は無意識下の魔法のため防げるのはある一定の魔力以下の魔法のみらしい。

だとしても、これがどれだけ凄いのかルーク君は絶対に分かっていない。

分かってなさすぎるよもう!

しかも、これはまだ終わりじゃない。

『闇の加護』で〝吸収〟した魔法を擬似的に再現することもできたんだよルーク君は!!

実際に私の『音の矢』を再現して見せてくれたの!!


あああああああ、もうやばすぎてぇ――――（文字が乱れて読めない）

○月☆日
ルーク君が基本的な『闇の矢』を使えるようになった。というか、『闇の加護』よりも絶対こっちが先だよ。ルーク君はいろいろとおかしい。

もう慣れたけど。

私の『音の矢』は〝不可視〟と〝音速〟という性質を持つ魔法で、ルーク君の『闇の矢』は『吸収』という性質を持っている。

つまり、彼が込めた魔力以上の『魔法障壁』でなければ吸収されてしまい防げないということ。

それどころか吸収した魔力の分その威力を増すことになる。

あああああ、もうほんっっっっとうに『闇属性』って最っ高ッ!!　可能性の塊だわ!!

やっぱりここに残って正解だった。研究したいことが次々と湧いてくる。
もっともっと『闇属性』について知りたい。
あ、そういえばそろそろパーティーがあるんだった。
ルーク君の『闇属性』発現を祝うパーティー。
私も出席してって言われているんだよなぁぁぁ、いやだなぁぁぁ。
静かに陰でルーク君の魔法を見ていたいよぉー。
貴族いっぱい来るだろうし、ちゃんとしないといけないよね。
憂鬱。

3

いや、ちょっと待て。
アメリア……さん、本当にとんでもない。なんだ、『音魔法』って……強すぎる。
見てわかるほど加減されてあの威力。しかも不可視とかいうオマケ付き。

はっきり言って、世界最強の魔法使いはアメリアさんだと言われても納得してしまう。

――『音の矢』

初めて見たときは震えた。

俺はあんな魔法で攻撃されたら終わると思った。この世界にはこんなにもえげつない魔法があるのだと心底恐怖した。

そして、同時に沸き上がる烈火の如き怒り。またしても俺を上回る人間。

本当にうんざりする。

対策を考えなければ。死ぬ気で対策を考えなければと思った。

幸い、アメリアさんはとても詳しく魔法の理論体系を教授してくれた。

正直、あの人は少し……いや、かなり普通ではない。

……俺の指導をしてくれているときのあの人の顔。息が荒く、口の端から涎《よだれ》が垂れ、目が完全にイッちゃっている。

明らかに頭の大事なネジが何本か外れている人間の顔だった。

しかし、教えてくれる内容に関しては信頼できる。それほどにアメリアさんとの時間は有意義だった。

まあ、指導の際『グッとやってシュリリリーンって感じ♪』みたいな擬音が多すぎるのが気になったが……理解はできる。

そして、アメリアさんの魔法に対抗する為《ため》に作り上げたのが――『闇の加護』。

無意識下だと捻出魔力量が著しく下がるというデメリットはあるが、それでも我ながらよくできたと思う。

ほんと、呆《あき》れるほどの『才能』だ。ちょっと努力すればすぐに成果が出る。

いや、努力なんてしなくてもほとんどの人間は俺の足元にも及ばないだろう。

あらゆる出来事が、俺は〝選ばれた側〟であることを証明する。その度に自尊心が膨れ上がる。

なのに――俺は既に自分を上回る人間に二人も出逢《であ》うことができた。

あぁ……本当に幸運だ。

努力しなければ越えられない壁がそこにある。『俺』にとってこれ以上の幸運が他にあるか？

良かった、本当に良かった。

これでまた近づける。


見上げることすら叶《かな》わない──真の高みへ。


俺の平穏はそこにしかない。立ちはだかる全てを叩《たた》き潰《つぶ》そう。

かなり面倒だが、やるしかない。


「ルーク」

父の呼ぶ声。

そうだ、今俺は嘘《うそ》に塗れた貴族の集まるパーティーの真《ま》っ只中《ただなか》だった。

あまり考え事に耽《ふけ》るのは良くないな。

「どうかしましたか、父上」

「気に入った女はいるか？」

「……はい？」

本当に何を言われたのか分からなかった。

「気に入った女はいるか、と聞いているのだ」

「…………」

聞き間違いじゃなかったぁぁぁ!!　脈絡なさすぎるだろ!!

渋い顔していきなり何聞いてくるんだこの人は!!

「……特には」

静かにそう答えた。

実際、男女問わず多くの人間と言葉を交わしたがそんな者は一人もいなかった。

「ふむ、そうか」

……本当になんなんだこの人は!!　我が父ながら訳が分からなすぎるわ!!

「お前の縁談の話はいくつもあった。だが、私はその全てを断った。なぜだか分かるか？」

「……いえ」

「ルーク、お前自身に選ばせる為だ」

そうなのか。許嫁《いいなずけ》的な存在がいないことは知っていた。しかし、その理由までは分からなかった。

力を持つ者との〝繫《つな》がり〟を重んじるのが貴族だと思っていたが、どうやら父上は違うようだ。

「もしも、気に入った女がいたら私に言いなさい。――必ずお前の嫁に迎えてやろう。たとえ、それが王族であろうとな」

「…………」

ほんと、『ルークの親』って感じだ。

自分ならそれが可能であると信じ、まるで疑わない傲慢さ。しかもその目に一欠片《ひとかけら》の悪意も宿っていないからこそ余計にタチが悪い。

「感謝します、父上」

とりあえずそう言っておいた。

「うむ、それだけだ。パーティーを楽しみなさい」

ため息をつかずにはいられない。ただでさえどうでもいい貴族共の相手で疲れているのに、突然呼び出されて何の話されるかと思えばこれだよ。

『父上、余計なお世話すぎです』って正直に言ってやれば良かったか？

いや、もっと面倒な状況になるだけだな……というか、分かったぞ。

原作で『ルーク』が実家に引きこもった後、次に主人公の敵になるのはおそらく父上だ。

主人公を逆恨みし、持てる力全てで潰そうとする。

言うなれば『第二章 貴族の謀略編』って感じだろうか。

まぁ、そうはならないが。


「──希少属性を発現させたというのに、随分と浮かない顔をしているのね」


女の声がした。

今度は何だ、と思わず言ってしまいそうになる。疲れた心のまま目を向けた。

そこに居たのはやたらと美人な女だ。透き通った銀色の長髪、切れ長の碧《あお》い眼《め》、きめの細かい色白の肌。

彼女が街を歩けば、男女問わず誰もが目を奪われることになるだろう。

しかし、美人特有の冷たさのようなものを強く感じる。はっきり言ってしまえば好みじゃない。

俺が好きなのは、些細《ささい》な日常にも一喜一憂するような感情豊かで元気な子だ。目の前にいる女はまさにその対極。……こんなことを考えてしまったのは間違いなく父上のせいだ。

「──アリス・ルーン・ロンズデール、だったか？」

「あら、私のことを知っていたのね。ルーク・ウィザリア・ギルバート」

ロンズデール伯爵家の長女、直接会うのは初めてのはず。

俺が名前を覚えているということは、それなりに優秀な有力貴族であるということだ。

「ルーク、とお呼びしても？」

「好きにしろ」

「そう。なら私もアリスでいいわ」

……あぁ、なんなんだ。なんで絡んでくるんだ本当に。

「お前は属性魔法を使えるのか？」

さして興味があるわけではないが、何となく聞いてみた。

「随分と上から物を言うのね。でも答えてあげる。使えるわ」

「そうか」

コイツを見て一つ思ったことがある。

たぶん、『氷属性』だろうってことだ。見るからに氷の女という雰囲気……ここが物語の世界なら尚更《なおさら》だろう。

「――『氷』か？」

「……誰に聞いたのかしら」

本当に当たっていた。見たまんますぎて逆に驚きだ。

「でも、それだけじゃないわ」

「……ほう」

「――『氷』と『毒』。それが私の属性よ」

……うわぁ。

二属性は本当に凄《すご》い……が、悪役っぽい。俺の『闇属性』に負けていない。

「……あまり驚かないのね」

アリスは俺の反応が不服だったようだ。表情こそほとんど変化ないが、声にはその感情が込められている。

「希少属性だからって見下しているの？」

「クク、そんなつもりはないが？」

俺の言葉に彼女の雰囲気は更に剣呑《けんのん》なものとなる。

「……いいわ。明日の予定は空いているかしら。模擬戦をしましょう」

「模擬戦だと？」

「ええ。本来このようなことは許されないのだけれど、彼女がいれば可能じゃないかしら」

アリスの目線の先にいたのはアメリアさんだった。普段の姿からは考えられないほど〝マトモ〟で、今の彼女は正しく模範的な貴族令嬢だ。

……ギャップがありすぎる。まあ、なにはともあれ――

「あぁ、やろうか」

挑まれた勝負から逃げるなんて選択肢、俺にはない。

§

アリスは容姿に優れ、魔法の才能にも恵まれた。

そのため、彼女は自身を『肯定』する者に囲まれて育った。

だがそれとは対照的に、アリスの兄『ヨランド』は優秀とは言えなかったことが起因し、彼女の人格は歪《ゆが》むことになる。

ヨランドは優しかった。底抜けに優しかったのだ。

どんなに見下されようと、どんなにぞんざいな扱いを受けようと家族への愛情を失うことはない。そんな優しい男だった。

当然、アリスとヨランドは比較される。アリスは褒められ、ヨランドは叱られる。

そんな光景がロンズデール家では当たり前だった。

子は親を見て育つ。アリスもいつの間にか兄のヨランドを見下すようになっていき、そしてそれは次第にエスカレートしていく。気づけば暴力こそないものの、アリスがヨランドに罵詈雑言《ばりぞうごん》を浴びせるのは珍しくないものとなっていた。

しかしどんなに優しくとも、正常な人間にこんな生活を続けることはできないだろう。

そう、ヨランドには秘密があった。

それは——彼が極度の『シスコン』であり『ドM』であるということ。

ゆえに、彼はそれを苦とも思わない。それどころかアリスに見下され罵倒されることに性的興奮を覚えていたのだ。

正しく彼の優しさに嘘はなかった。常人からすれば憐憫《れんびん》の情を覚えずにはいられないこの状況の全てが、彼にとってはこの上ない幸福だったのだ。

だからこそ優しくなれた。どこまでも優しくなれた。——しかし、ヨランドのその『優しさ』はアリスの人格を歪めてしまうこととなる。

自身より年上の兄を罵倒し続けるうちに、彼女の心に『嗜虐心《しぎゃくしん》』が芽生えたのだ。その小さな芽は時と共に育ち、彼女をゆっくりと『ドS』へと変えていったのである。

それから時を経て、アリスはルークと出逢《であ》う。

ルークの全てを見下す目。それを見た瞬間、アリスの心は一つの強烈な欲望に支配された。——その傲慢な目を『屈辱に染めてやりたい』という、抗《あらが》うことのできない欲望だ。

ルークは『闇属性』を発現させた存在。

しかし、彼が魔法を学び始めて一ヶ月も経《た》っていないことをアリスは知っていたのだ。

彼女は既に三年以上も魔法について学んでおり、二つの属性を発現させた正しく逸材。

負ける道理はない。そう、負ける道理なんてなかったのだ。

「アァァアァァァァァァアッ!!!」

悲痛な叫びと共にアリスは魔法を乱射する。

だが、何の意味もない。ただ、『闇』に呑まれて消えるだけ。

ゆっくりと歩み寄るルークを止めることはできない。

そして、アリスの首筋に剣が突きつけられた。――またしても。

「る、ルーク君！　そこまで！　そこまでだよー！　これ以上はダメだからね！　あぁ、でももうちょっとだけ……やっぱりダメ！」

アメリアの声が響く。

「中途半端だなァ、お前は。何もかもが中途半端だ」

「ハァ……ハァ……」

アリスは地べたに倒れ伏した。ほぼ全ての魔力を使い果たし、もはや立っていることすらできなくなってしまったのだ。

何度挑んでも結果は毎回同じ。ただ近づかれ、首に剣をつきつけられる。

それで終わり。

『氷属性』の魔法を使おうとも、『毒属性』の魔法を使おうともなんの意味もない。

ただ〝闇〟に呑み込まれて終わり。

何一つ理解できない。もはや勝負にすらなっていない。

「ハァ……ハァ……」

負ける度に浴びせられる、ルークの自尊心を踏みにじる言葉の数々。

それは、アリスがこれまで兄に浴びせてきた言葉そのものだった。

「無様だなァお前は。この程度でよく俺に挑んできたものだ」

屈辱に染めるはずが、染められたのはアリスの方だった。

彼女の自尊心が音を立てて崩れていく。これまでの全てが跡形もなく消え去っていく。

彼女の心はその負荷に耐えられなかった。

「ハァ……ハァ……もっと……」


――時として、人の心は『裏返る』。

それは自分を守る為《ため》なのか、それとも元からそうであった本質が暴かれたのか。

その答えは定かではないが、アリスの心は確かに裏返った。

「もっと……ハァ……罵倒しなさいよ……罵倒すればいいわ……ハァ……」

「……は？」

すなわち――『S』から『M』へと。

§

気に入った女がいたら言え。

そう言った翌日、何やらルークが女と会っているではないか。

これはつまりそういうことだろう。

盛大に勘違いしたルークの父クロードにより、その見事な手腕も相まってアリスとの縁談が極めて円滑に進められているのだが、その事実をルークが知るのはまだ先の話だ――。

§

「……カハッ」

ズタボロになり、地面に手をついたアベルは血反吐《ちへど》を吐きだした。

あまりに異質な光景。だが、これは決して珍しいものではない。

ただの日常。アベルにとっての当たり前の日常なのだ。

「やめろ。これ以上はダメだ」

「もう少し……もう少しだけ……」

「そうか。やはりやめないか」

「──うっ」

エルカの手刀により、アベルの血のように紅《あか》い眼《め》は光を失う。

赤子の手をひねるよりも容易《たやす》く意識を刈り取った。肉体的限界はとっくに超えており、魔力も完全に枯渇している。アベルに抗う術などありはしない。

「はぁ……全く。本当にこれでいいのか。自問自答の日々だよ。──ジェーラ」

「かしこまりました、エルカ様」

──『治癒』

ジェーラと呼ばれた女性がそう唱えた瞬間、アベルの身体が緑色の光に包まれ、瀕死《ひんし》だったことが嘘《うそ》のように傷が癒える。

「今日は何回だ?」

「……ゆうに五十は超えているかと」

「本当にイカれているな。お前にも迷惑をかける」

「何をおっしゃいますか。私のこの力でエルカ様から受けた恩のほんの一部でも返せるのなら、それにまさる喜びはありません」

「相変わらず強情な奴《やつ》だ。あれほど神官になれと言ったのに、結局己の信条を曲げなかったしな」

「金銭を払える者にしか癒《いや》しを与えないという神殿の考え方は、とても賛同できるものではありませんので」

「……フフ、変わっているな。まあ、私も人のことを言えた義理ではないが」

エルカはふと視線を落としアベルを見る。

剣の才があるとは言えない。魔法は使えどその才もない。

それでも、何かに取り憑《つ》かれたように『強さ』を追い求める少年。

エルカはその理由を知るからこそ止めることができない。

「――『道』などなければ、素直に諦めろと言えたものを」

アベルは当然の如く属性魔法を使えない。

無属性魔法も使えるのはたった一つのみだ。

しかし――そのたった一つの魔法によってアベルの高みへの『道』は繋《つな》がった。

いや、繋がってしまったと言うべきか。それは道とも呼べない細く荒れ果てたもの。

正常な者であれば、無意識のうちに選択肢から外してしまう程の道。

『良かった……本当に良かった……何もなかったらどうしようってずっと不安だった。でもこれであとは――進むだけだ』

高みへと続く道がある。

その事実を知ったときの、アベルのあの何かに取り憑かれたかのような笑みをエルカは忘れない。

それがどんなものであろうと、確かにそこに道がある。アベルにとってはそれだけで十分だったのだ。

この日はエルカ自身が決意を新たにした日でもある。

アベルは壊れてしまう。自分が導かなければ簡単に壊れてしまう……そう思ったからだ。

エルカは悩んだ。悩んで悩んで悩み抜いた。

気づけば夜が明けていた、なんてことが珍しくないほどに。

アベルには幸せになって欲しい。エルカは偏《ひとえ》にそう願っている。

もうやめろ、諦めろ。強さだけが全てじゃない。世の中には他の選択肢がいくつもあるのだ。

何度も言おうと思った。──しかし、

「……言えなかった」

覚悟と狂気に満ちたあの目を見てしまうと、いつも言葉はどこかへ消えてしまう。

エルカは〝その目〟を知っていた。理解してしまったのだ。──何を言っても無駄であると。

アベルは止まらない、止まれない。

だからこそ、エルカも覚悟を決めたのである。

その修羅の道を共に歩むという覚悟を──。

§

「いつでもいい」

「参ります」

刹那、アルフレッドの姿が掻《か》き消えた。並の者では目で追うことすら叶《かな》わない超加速。

そこから繰り出される横薙《な》ぎの一閃《いっせん》。

ルークはその一撃を正面から受け切ることができないことを知っている。決して覆ることのない体格差、純粋な筋力だけで勝負しては勝ち目などないのだ。

ゆえに求められるのはそれらを上回る圧倒的技量。——気の遠くなるほどの鍛錬の果てに成しえるそれを、ルークは息をするように実現してしまう。

完璧なタイミング、角度でアルフレッドの剣をしのぎに当てた。

あまりに美しい受け流しだ。

しかし、アルフレッドにとってもそれは想定の範疇《はんちゅう》。ルークならばこの程度は当たり前。

ゆえに防がれること前提の動きなのだ。

次の瞬間、アルフレッドは容赦のない蹴りを放つ。

王国剣術からかけ離れた、相手の虚を衝《つ》くことのみを考えた一撃。

だが、ルークはその蹴りを半身で躱《かわ》した。

それだけでは終わらない。間髪を容《い》れず鋭い突きがアルフレッドを襲う。

（素晴らしい……ッ！　不意打ちに対する最小限の回避行動にとどまらず、あまつさえ反撃まで……ッ！）

アルフレッドは心の内で感嘆の声を上げ、瞬時にその雑念を消す。

全身全霊を傾け、殺すつもりでいかなくては勝負にすらならない。

身体を後ろに反らし、そのまま宙返りすることでルークの突きを躱しつつ距離をとる。

その際、下段から上段へと斬りつけるがルークも当然のように防いだ。

「アッハッハッハッ!!　やはり剣は楽しいなァ!!」

攻守が逆転する。

ルークが距離を詰め、斜め上に剣を振り上げた。それを防いだアルフレッドがすかさず反撃。

そこからは怒涛《どとう》の剣撃の応酬だった。

電光石火、疾風迅雷。息継ぎするタイミングすら間違うことを許されない連撃。

だが——この二人の心にあるのは『楽しい』という感情のみ。

袈裟《けさ》斬り、胴打ち、凌《しの》ぐ、蹴り、斬り上げ、受け流し、フェイク、諸手《もろて》突き、足払いからの横薙ぎ——。


勝利の為に何一つ妥協のない剣のやり取り。アルフレッドはヒリつく命のやり取りに高揚と懐かしさを感じつつ、ほんのわずかに不甲斐《ふがい》なさを抱かずにはいられなかった。

(——ったく、嫌だねェ歳《とし》をとるってのは)

いつまでも続くかと思われた剣の攻防にやがて終止符が打たれる。

「俺の勝ちだなァ、アルフレッド」

「参りました。さすがでございます、ルーク様」

ルークの剣先がアルフレッドの喉元に突きつけられた。

「全盛期のお前と戦えないのが残念でならんよ」

「……フフ。私もそう思っていたところです。尤《もつと》も、挑戦者という立場からですが」

「おいおい、お前は俺の師だろうが」

とっくに教えることなんてありませんよ、とアルフレッドは内心で思う。

正直なところ、これ以上アルフレッドと模擬戦を行うのは控えた方がいいくらいなのだ。

あまり同じ相手とばかり戦えば変な癖がつきかねない。それでも未《いま》だに剣を交えるのはルークに相応《ふさわ》しい相手がいないことと、ほんの少しのアルフレッドの我儘《わがまま》だ。

ルークの剣を直に感じたいという抗えない欲求によるものなのだ。

(しかしまぁ、いい加減やめねぇとなぁ。それにもう俺じゃ力不足だ。——本当にとんでもねェ)

ルークが属性魔法に目覚めたことにより、剣術をやめてしまうのではとアルフレッドは思っていた。だが、そうはならなかった。

これからもルークの剣を見ることができる。その時の歓喜は言い表すことができない。

とはいえ、ルークの相手として相応しい者が見つからないのも事実。

どうするべきかと考えていると、

——ぱち、ぱち、ぱち。

乾いた拍手が聞こえてきた。

ルークとアルフレッドが共に目を向ける。――そこに居たのはアリスだった。

「剣術を嗜《たしな》むというのは本当だったのね。とても素晴らしかったわ」

アルフレッドはすぐさま頭を下げる。

しかしルークはその姿を確認すると、隠す様子もなく嫌な顔をした。

「アルフレッド、湯浴《ゆあ》みの用意をしてくれ」

「かしこまりました」

そのまま無視して立ち去ろうとするが、

「……ハァハァ」

聞こえてくる嫌な息遣い。

「それをやめろと言ったはずだが、忘れたか？」

ルークは我慢できなかった。

「何？　次は暴力を振るうの？　その鍛え上げた剣技で私の服をズタズタにして辱めるつもりなのね」

「……もういい。帰れ」

アリスとの模擬戦を行ったのはつい先日のこと。それでも、すでにルークは彼女のことが嫌いだった。

嫌いというよりも、気持ちが悪いから近寄りたくない、と言った方が正しい。

それは理解できないものへの忌避感と言えるだろう。

「私の話を聞いた方がいいと思うのだけど」

「お前の話など聞く価値があるとは思えん。だからさっさと――」

「――私とあなたの婚約が成立したわ」

「帰っ……は？」

ポトリ、と汗を拭うタオルを落とした。

ルークをして理解できない言葉。いや、言葉そのものが理解できないのではない。この状況の全てを、脳が理解することを拒んでいるのだ。

「……今なんて言った？」

「嘘《うそ》ではないわ。今朝方お父様からこの話を聞いて、私も了承したの。喜んで、ってね」

「……少し待ってくれ。頭が痛いんだ」

ルークの思考が高速で回転する。

アリスと出会ったのはつい先日のパーティーだ。

なのになぜこんなことになる。早すぎる。あまりにも早すぎる。

そんなことができるのは――

(――アンタか父上ェェエエエエッ！！！！！)

即座に答えに辿《たど》り着いた。

(父上の手腕がアダとなったッ!! なんでたった数日で婚約が成立してしまうんだッ!! 縁談の話が出ている程度ならばどうとでもなったというのにッ!! しかもよりによってなんでこの女なんだァァァァッ!! ウワァァァァァッ!!)

そう、縁談の段階であればよかった。どうとでもなった。

しかし、婚約が成立してしまったならば話が変わってくるのだ。

一度成立した婚約を破棄すれば、相手のメンツを潰すことになる。もちろんギルバート家にとってそんなもの痛くも痒《かゆ》くもないだろう。

それでも、自身がギルバート家に汚点を残すという事実がルークは許せないのである。

「なぜだ……なぜこんなことに……」

「そんな……ハァハァ……嫌な顔されては悲しいわ」

「………………」

(なんでコイツは頬《ほお》を赤らめているんだ……)

「私の全てを変えてくれたルークには運命すら感じているというのに、貴方《あなた》はそうではないのね」

「あぁ」

「そう。だけどメリットは三つもあるわよ」

「……言ってみろ」

アリスの息遣いは依然として荒く、頬の赤みは増すばかり。

ルークはそれが理解できず、気持ちが悪いため蔑んだ目を向ける。

それによりアリスの息遣いはさらに荒くなる。──以下、繰り返しである。

「まず、ロンズデール家は魔法にとても高い適性を持っているということ。私と貴方が結婚すれば、優秀な子孫を残せることはほぼ間違いないと思うわ」

「…………」

「次に、私は絶世の美女であるということよ」

「…………」

「私という女を側に置くことで、貴方は男として高いステータスを獲得することになるわ。美しい女性を側に置くことでしか得られないステータスというものが男にはあるでしょ？まあ、それは女性も同じかしらね」

「…………」

（……本当にコイツは真顔で何を言ってるんだ？）

「最後に、私と結婚すれば貴方はストレスに悩まされることがなくなるわ」

「……なぜだ？」

「私は貴方のどんな欲望でも受け止められる自信があるからよ。それが、如何《いか》にハードなものであろうとね……ハァハァ」

「…………」

身をよじり悶《もだ》えるアリスを見たルークは力が抜け、倒れるように地べたに座り込んだ。

どうしてだ。

どうしてこうなった。

どこで間違ったんだ。

ルークの頭脳をもってしてもその答えは見つからない。

もう疲れてしまったのだ。だから現実から目を背けることにした。

（アメリアさんがオススメしていたのは『アスラン魔法学園』だったな。難しいらしいし、いろいろと頑張らないとなー……あはは……はは……はぁ……）

「ルーク、大丈夫？」

アリスの問いかけにルークが答えることはなかった。

§

クロードは自身の書斎にてルークがいつ喜びのあまり走ってくるのか、厳格な顔つきをほんの少し綻ばせ、ソワソワしながら待っているのであった――。

第三章　アスラン魔法学園

1

――『アスラン魔法学園』

言わずと知れたミレスティア王国最高の魔法教育機関であり、国家最高戦力である『魔法騎士』の育成を目的として設立された学園である。

国内で十人の英傑にのみその座につくことが許されている『魔法騎士』を志す者にとって、この学園を卒業することはまさに登竜門と言える。

魔法の才を持つ数多《あまた》の人間がこの学園を一度は志すことだろう。だが、その大半はいつしか自然と諦めることになる。

少し魔法が使える、という程度ではスタートラインにすら立てない。それが、この『アスラン魔法学園』なのである。

また、魔法騎士の意見であるならば王ですら無視することはできない。

圧倒的権力、そして名誉。その他の魔法師団とは一線を画する存在なのだ。

正しく選ばれし十人。憧憬の念を抱くに相応《ふさわ》しい。

そして、この学園は過剰なまでの完全実力主義であることでも有名である。

その為《ため》、『推薦』という制度はない。貴族社会においてそれは魔法力衰退の温床となる、という考えからだ。ちなみに全寮制。本当に徹底している。

正しく神話の英雄をその名に冠するに相応しい。そんな仰々しい肩書きをいくつも持つこの学園の入学試験を受ける為、俺は今馬車に乗っているのだが――

「……なんでお前は俺と同じ馬車に乗っているんだ」

「不思議なことを聞くのね。将来を約束された二人が一緒にいることに、果たして理由は必要なのかしら」

「…………」

表情をまるで変えることなくつらつらと言葉を並べるのは、アリス・ルーン・ロンズデール。誠に遺憾ながら俺の婚約者だ。

とはいえ、この事実はもう受け入れた。どうにもならないことを嘆くのは愚か者がすることだ。考えるべきは次。

アリスという常軌を逸した変態が婚約者であるという条件のもと、俺が幸せを摑《つか》む為にすべきことは何か。その最適解とは一体何なのか。

俺が考えるべきはこれである。……まあ、未《いま》だに答えは見つかってないんだが。

うむ、これは今考えるべきことじゃない。とりあえずは目先のことに集中しよう。

一応、これから受ける学園は王国最難関らしいからな。

「少し、緊張してきたわ」

不意にアリスが呟《つぶや》いた。

緊張している、と言う割にまるで表情に変化がないが。

「貴方はいつも通りなのね」

「当たり前だろ」

「不安はないの？」

「お前は俺がこの程度に不安を感じると、本気で思っているのか？」

「……いいえ、聞いてみただけよ」

はっきり言って、俺にはコイツの気持ちが理解できない。

何を不安に思う必要があるのか。

二属性持ちという稀有《けう》な才能。それに加え、魔法を探求する努力を怠らなかった。

少なくとも俺と出会ってからはそうだ。

「──お前が考えるべきは、如何にして次席となるかだ」


「……え」

並の人間では気づけないほど僅かに、アリスが驚いたような表情をした。

「合格できるかなどという程度が低いことで悩むな。見苦しい」

「…………」

割と本心だ。アリスは合格する。

アメリアさんも絶賛するほどの才能を持ち、その上努力してきたんだから。

「フフ……時々あなたは、とてもズルい男だと思ってしまうわ」

「……どういう意味だ」

「ううん、気にしないで」

アリスが微笑《ほほえ》んだ。まあ、不安が少しでも消えたなら良かったんじゃないだろうか。

人間は感情の生き物。心が弱いが為に実力を発揮できないということは、往々にして起こりえるからな。

そんなことを話していると、ガタタタッ、という音と共に馬車が止まった。

これまで存在感を完全に消していたアルフレッドがスっと立ち上がり扉を開けた。

「足元にお気をつけ下さい」

俺は馬車をおり、それにアリスが続く。

すると、聳《そび》え立つその大きく荘厳な門が目に飛び込んできた。

初めて見たわけではない。それでも、思わず息を呑《の》む。

奥に見える学園は歴史を感じるものの、王族の居城かの如き風格があった。

「それでは、また試験が終わる頃にお迎えに参ります」

「あぁ」

アルフレッドからの言葉はそれだけだった。

馬車の御者に合図を出し、そのまま行ってしまう。

激励などはひとつもない。至って日常の他愛《たわい》ない一幕だ。

「随分と冷たいのね、あの執事さん」

そうだな。お前の目にはそう映るだろう。

だが——俺は確かな『信頼』を受け取ったよ。

アルフレッドさんは俺の師だからな。そのくらいわかるさ。

微笑が口角に浮かんだ。

「……お、おい」

「あぁ——『ルーク・ウィザリア・ギルバート』だ……」

「や、やっぱり受けるんだ……」

「『アリス・ルーン・ロンズデール』も一緒だ……婚約したというのは本当だったのか……はぁ……」

あぁ、せっかく気分が良かったのに。

「……チッ」

まとわりつく不快な視線。

あのパーティーから貴族の間で俺の噂《うわさ》がどうも一人歩きしている。

だからこういう輩《やから》がいるのは知っている。知っているが、不快なものは不快だ。

物事の表面しか見ることができない果てしなく愚かな有象無象。俺が剣術しかしていないときは蔑み、闇属性が発現したと知れば手のひら返し。吐き気がするほどの無能共だ。

「ルーク、大丈夫？　少し怖い顔しているわよ」

「……あぁ、行くとしよう」

「そうね」

俺は気持ちを切り替え、門をくぐった。

まあ、それでも周りから視線が向けられ続けることに変わりはないが。

というか、半分は俺の隣を悠然と歩くコイツのせいだと思う。

見た目だけは良いのだ……見た目だけは。

この中で、コイツの本性を知るのは間違いなく俺だけだろう。本性を知って、尚《なお》コイツのことを愛する者がいるならどうにかして譲ってあげたいのだが、

『私は、私の全てを変えてくれたルークに蔑まれるから興奮するの。誰でもいいなんて、そんな変態ではないわ』

と言われたことがあるのを思い出した。

なにより、コイツが自分のことを変態ではないと思っていることが信じられない。

そんな、ため息をつきたくなるようなことを考えながら歩いていると、ふとアリスの兄が脳裏をよぎった。あの貼り付けたような笑みを浮かべる『ヨランド』という男。

なぜ今思い出したのかは分からない。

いや、初めて対面し握手を交わしたあの瞬間からずっと脳裏に引っかかってはいるんだ。

アリスの話では取るに足らない男だと聞かされていた。実際、覇気のない男だとは思った。

しかし、握手をしたときに感じ取ってしまったあの——恐ろしく洗練された魔力の流れ。拭えぬ違和感。異質さと不気味さを凝縮したような男だった。

「あら？　人集《ひとだか》りができているわね」

アリスの声で俺の意識は現実へと引き戻された。目を向けて見れば、確かに人集りができている。

……俺の通り道だというのに。

「ダハハハハッ!!　アベル!!　お前の名はそれだけなのか!?　なんで平民がいるのかと思えば、平民ですらないとは!!　これは傑作だ!!」

大柄な男の下卑た笑い声が響く。

「何よ!!　だからどうしたって言うの!!　アスランを受けるのに身分なんて関係ないでし

よ!!」

「いいんだ、リリー。僕は気にしてないよ」

気の強そうな少女が負けじと大きな声を上げる。

だが、それ以上に俺の目を引くのは質素な服を着た黒髪の少年だ。

血のように赤い目をした気の弱そうな少年。

ひと目で分かった。──コイツだ、と。

そうか。

やっぱりそうなのか。いるよなそりゃあ。

「どけ」

とはいえ、関係ない。俺がすべきことは何も変わらない。

短く言葉を発した。俺の通り道を塞ぐその大柄な男へ。

「あぁぁ!! お前誰にものを言っ……て……ッ!?」

俺を見た瞬間、その大柄の男は目を見開いた。

「もう一度言わなければ分からないか？ 目障りだ、どけ」

「こ、こここ、これはルーク様!! 失礼しました!! どうぞお通り下さい!!」

誰だかよく知らないが、どうやら俺のことは知っているようだ。

空気が凍りついたように静まり返ったが、俺は気にすることもなく通り過ぎた。

その、『アベル』と呼ばれた少年の呆気《あつけ》に取られた間抜け面を横目で見ながら。

「……あの黒髪の子、知っているの？」

しばらく歩くとアリスが静かに聞いてきた。

「いや？　知らないなァ、あんな奴《やつ》初めて見たよ」

「そう。随分と楽しそうに笑うものだから、知り合いなのかと思ったわ」

「ククク……そうか、笑っているのか俺は」

自分でも気づかぬうちに、どうやら俺は笑っていたらしい。

そりゃそうだよなァ。笑いたくもなるさ……ついにこの時がきたんだから。

あぁ、こいよ『主人公』。俺は逃げも隠れもしない。

お前がどんなにこの世界に愛されていようと——正面から叩《たた》き潰《つぶ》してやる。

§

客観的に見て、俺はあらゆる面において優れている。

驕《おご》っているわけではなく、これはただの自己分析だ。

ただ、これまではアリスしか同年代の比較対象がいなかったことが懸念点だった。しかし、この入学試験でハッキリとした。

才ある者が集うアスラン魔法学園ですら、俺を超える者はいない。

それどころか、アリスにすら及ばない者ばかりだった。

そう、誰もいない。俺の道を阻む者は……誰もいないんだ。

——ゴンッ。

気づけば、馬車の壁に拳をぶつけていた。

「ルーク——」

「今、俺に話しかけるな」

クソッ。なんだあれは……なんなんだあれは。

——『強化魔法』

筆記が終わった後に行われた実技試験。

受験生同士で魔法を用いた戦闘を三回行うというシンプルなもの。

〝アベル〟が使った魔法はたった一つ。何も珍しくない無属性魔法。

当然俺も使える……しかし、

――『身体強化×5』

奴はそのシンプルな魔法を五回重複させた。……ありえない。これがありえないんだ。

人間には『魔法許容量』という概念が存在する。この概念があるために、身体能力の強化、皮膚の硬化、感覚のブーストといった、能力を向上させる魔法を際限なく受けることはできない。

できない……はずなんだ。

基本的に一回、いわゆる『英雄の領域』に到達した者は稀《まれ》に二回受けられることがあるという。これまでの統計的に〝冒険者〟の中にそういった者が現れる可能性が高いとアメリアさんは言っていた。

何故《なぜ》か俺は初めから強化魔法を二回受けられたが、それは特別なことなんだと聞かされていた。だがアイツは……五回だ。

特別とかそういう次元ではない。明らかに理から外れた力。

意味が分からない……理解できない。理解できないという事実が俺を激しく苛立たせる。

あの得体の知れなさが不気味で仕方がない。


「…………」


ただ、アイツ自身まるで制御できていなかった。

制御できていなかったが、制御できるものとして軽く数千回シミュレーションしてみた。

俺が戦った場合どうなるのか。

結果——全て俺の勝利。

あらゆる場面、条件、そして考えうる限りの不測の事態を想定した。

それでも結果はいつも同じ。どう足掻《あが》いてもアイツは俺に勝つことはできない。

俺の勝利は揺るがない……なのにどうして、俺の心はこうもザワつくんだ。暗雲のように広がっていくこの黒い感情はなんだ。

まるで、化け物が喉笛に噛《か》み付く機会を虎視眈々《こしたんたん》と狙っているかのような——。

「――アルフレッド」

「はい」

「今後はお前と剣を交える機会も減る。だから、今日は限界までやろう」

「かしこまりました」

俺は剣の方が好きだ。

こういう時は剣を振るにかぎる。……ったく、みっともねェなァ。

何を焦ってんだ。たかが想像を超えてきただけじゃないか。

理解できないからなんだ。ならば、俺が更にその上をいけばいい。

ただ、それだけだ――。

§

アスラン魔法学園。

とある会議室において、学園長や教師陣が集う重要な会議が行われていた。

豪華な円卓にいくつもの資料が並べられている。

「やはり彼、ギルバート家の『ルーク』は圧倒的だ。明らかに他の生徒と一線を画している」

「ふぉっ、ふぉっ、ふぉっ。恐ろしく洗練された魔力じゃったのぉ。希少属性というだけでも驚愕《きょうがく》じゃというのに」

「凄《すさ》まじいの一言だなァ。魔力を見りゃ日々の鍛錬がわかる。こんなにも才能持って生まれちまったら、普通はもうちょっと自惚《うぬぼ》れるもんなんだが」

「そうなんですよ。マジやっべぇんですよルーク君は」

「おいアメリアてめぇ。特別講師のクセになんで当たり前のようにこんな重要な会議に参加してやがんだァ？　てか、気分で教師やりてぇとか言ってんじゃねェよ。それで受理されちまうんだから余計に腹立つわ」

「け、研究ならどこでもできますし……け、けけけ、決して！　私情はありませんよ！　そう！　研究者としても、魔法の才能が集まるこの学園で過ごす時間は有意義なものに違いありません！」

「……チッ」

「アメリアは私が呼んだのよ。彼についてはこの場で情報共有しておいた方がいいでしょ。全受験生中トップの成績なんだから。見た？　この資料。アメリアじゃないけど、彼本当にヤバいわよ」

「ですがあの！　彼の言動！　これだけは絶対に褒められたものではありませんよ！　試験官の私に『邪魔だ』って言ったんですよ!?　ちょっとよろけてぶつかっちゃっただけなのに！」

「アッハッハッハッハ!!　最高じゃねェか!!　鈍臭いからなァお前」

「鈍臭くなんてありません！　アメリアさん！　あなた彼を指導していたんですよね！　礼儀は教えなかったんですか！　もう！」

「あはは……面目ない」

「ハイハイ、話がそれています。彼ばかりに焦点を当てているわけにはいきませんよ。筆記は満点、実技でもその実力を証明した彼の首席合格は既に決定しております。まだ他にも話し合うべきことが残っているでしょう」

「今年は豊作ですねー。希少属性だけじゃなく、二属性と三属性までいますからねー。とんでもないですよ今年はー」

「ロンズデール家の『アリス』とレノックス家の『ミア』のことですか」

「……でも意外だったよなァ。──二属性の方が三属性に勝っちまったのは」

「それもなんというか……圧倒的でしたわよね」

「フッフッフ、アリスちゃんも私の教え子なのですよ！」

「いちいちうるせぇよ。てか、それ本当なのか？　同期の俺から言わせてもらえばどうも信じられん」

「本当だよブラッド！」

「いい加減にして下さい、そこ」

「それでー、この三十九人は決定ねー。あと検討すべきはー、この子だよねー」

その一言で少しだけ空気が揺らいだ。

全員が手元の資料に目を向ける。

そこには――『アベル』と書かれていた。

しばらく沈黙が続く。

「……私は反対だ」

ようやく声が上がった。

その顔は老いにおかされてはいるが、その目には勝気な色が宿っている男である。

「何も意地悪で言っているのではないぞ。彼の特異性を理解できない者はこの場にはいないだろう。しかし、属性魔法を使えないというのは致命的だ。今はいい。実際、彼は実技試験において全て勝利を収めている。だが長い目で見ればどうだ。いずれ本物の才能に押し潰されてしまうのは容易に想像がつく。彼の為《ため》にも合格にすべきではないと私は思う」

「確かに、一理あるわね」

「そうですなぁー、属性魔法を使えない者を合格にするという前例を作ることにもなるしねー」

　この場にいる約半数の者が賛同する。

　空気がアベルを不合格とする方向へと傾いた。しかし――

「ったくよォ、老人は思考が凝り固まっていけねェ」

　ロックという言葉がよく似合う、オールバックの若い男が好戦的な笑みと共に反論した。

「ろ、老人⁉　無礼だぞブラッド‼」

「老公の意見が的を射ているのも確かでしょ。反論するなら具体的に言いなさい」

「ククク……それだよそれ」

　ブラッドは笑った。

「お前らは無意識に、属性魔法使いに勝てんのは属性魔法使いだけだって決めつけちまってんのさ」

誰かが息を呑《の》む。

確かにそれはこの場の大半の者にとって図星だった。

「……違うとでも言うのか？」

「いや、概《おおむ》ね正しい。属性魔法を使える奴《やつ》と、そうでない奴の差はクソみたいにデケェ。

――だがそれはなァ、あくまで〝普通は〟って話なんだぜェ？」

ブラッドは一度言葉を区切り、そして続けた。

「俺はこの『アベル』ってガキに可能性を見たぜ。属性魔法が使えないなんてクソみてェな理由で、この可能性を潰すんじゃねェよ。どの道、コイツが潰れんならそれまでだったってことだ。うちにデメリットなんてねぇはずだろ。それとも何か？〝アスラン〟って『格』をそんなに守りたいのか？」

またしても沈黙が訪れた。

ブラッドという男の口は悪い。それでも、紡がれる言葉には筋が通っている。

認めているからこその沈黙なのだ。

「ふぉっ、ふぉっ、ふぉっ。小僧のくせにいいこと言うのぉ」

身長の半分ほどの長さがある白髭《しらひげ》をたくわえた老人が言葉を発する。

「俺は間違っているか？　学園長」

「いいや、間違ってないぞい」

それが答えだった。

「今年は本当に面白いのぉ。希少属性、二属性、三属性、それに――無属性の少年までいるとは。ちと数は少ない気はするが、その他も粒揃《ぞろ》い。ふぉっ、ふぉっ、楽しみじゃわい」

学園長と呼ばれた老人は子供のように無邪気に笑った。

今年の合格者――『四十名』

2

「アッハッハッハッハッハッ!! 分かったッ!! ついに分かったぞッ!!」

アスラン魔法学園の試験から数日。

俺はやはりアイツの力が納得できなかった。

だから考えた。寝る間も惜しんで考え続けた。あらゆる可能性を模索したんだ。

そして——辿《たど》り着いた。もうこれしか考えられない。

極めて特殊な条件だが、それ以外考えられないのだからこれが答えだ。

まず考えるべきは『魔法許容量』を拡張する手段はあるのか、ということ。

この答えはすでに出ている。——あるんだ。

アベルの存在がその証明だ。では、その手段は何か。

ここが本当に苦労した。何せ情報があまりに少ない。

考えるべきは、強化魔法を二回かけられる者がなぜ冒険者に多いのかということ。

それも『英雄』と呼ばれる冒険者に、だ。

最初、俺は魔法許容量は魔法的能力に依存したものだと思った……が、違うんだ。

魔法許容量は何らかの肉体能力に依存する。それが、様々な可能性を考え抜いて導き出した結論。

冒険者は魔法使いよりも純粋な戦士の方が圧倒的に多い。その時点で気づくべきだった。

死を間近に感じる程の修羅場、自身の限界を超えることを強制される場面。

それらを幾重にも経験すること。

これが……これこそが、『魔法許容量』を拡張する条件だ。

しかし、まだ疑問が残る。

この条件が正しいと仮定して……一体、どれだけの修羅場を越えればいい？
どれだけ、死を間近に感じるほどの経験をすれば『魔法許容量』が拡張できる？
英雄と呼ばれるほどの偉業は簡単になせるものではない。時間がかかるんだ。
偉大な英雄であれば、それだけ何度も死地は経験しているはず。
それなのに、強化魔法は『二回』が限度。

ここが最も『アベル』が異質である点だ。

この時間的ギャップ。おかしいんだ。
アイツは俺と同い歳《どし》のはず。毎日どれだけ死を間近に感じるほどの努力をしたとしても
計算が合わない……どう考えても合わないんだ。

死にかけられる回数には限度があるはず。

なのに、『英雄』ですら二回しか重複できない強化魔法を五回だぜェ？

「ククク……」

ここで、俺はさらにアベルがいわゆる『虚弱体質』なのではないかと仮定したんだ。

簡単に肉体的限界を迎えてしまうひ弱な身体。

この極めて特殊な条件の下でなら、理論上は簡単に何度も肉体を死にかけるまで追い込むことができる。

肉体的に優れているだろう『英雄』の何倍も死にかけることができる。

もっとも、何度も死にかけることをものともしない『イカれた精神力』が必要な訳だが。

「アッハッハッハッハッ」

あぁ、全て分かった。何も理から外れた力なんかじゃない。

極めて特殊な条件だがありうる力だ。ひ弱な身体、魔法は使えど魔法の才はない。

そんな何もかも恵まれない『主人公』が、イカれた精神力と努力の果てに手に入れた『理外の魔法許容量』という力。

それは正しく〝弱者〟の力だッ‼　――ってか？

「クク、あんま笑わせんなよなァ」

きっと『ルーク』は自惚《うぬぼ》れるあまり表面しか見てなかったんだろう。

アベルは属性魔法が使えない。それだけでルークの眼中から消えたんだ。

そして、足を掬《すく》われた。

「馬鹿だなァ、お前は」

ただ向き合えばよかったんだ。そうすれば気づけた。

実際、俺は自分がすべきことを見失わずに済んだよ。

分かりやすい強者を、分かりやすい弱者が倒していく。本当にありきたりな物語だ。

「つまらないよなァ、それじゃあ」


――誰が受け入れるか。


そんなクソみたいな物語、受け入れられるはずがない。

どうなろうと知ったことか、俺は俺の為だけに行動する。

……とは言ったものの。はぁ……しんどい。

割と頑張っている感はあった。正直、もう負けないだろうなとどこかで思っている自分がいた。なのに……普通に強そうじゃんアベル。

まぁ、そりゃそうだよなぁ。主人公だもん、弱いわけないよ。

色々考えてはみたものの、どんなに根拠を並べてもこれは考察の域を出ない。

全てはアベルの特殊能力です、って言われても何も不思議じゃないんだ。

それに、肉体的にも恵まれちまっている俺はアベルの真似《まね》をしても無意味。

きっと下位互換にしかならない。——違うな。

これはアベルの道、俺には俺の道がある。

何も奇を衒《てら》う必要はない。やるべきことを淡々とやればいい。

それだけでいいんだ。

能力の原理を紐解《ひもと》いたところで、アベルが極めて特異な能力を持っていることに変わりはない。どうせ正面から対峙《たいじ》することになるんだろう。面倒だなぁと思う。

ただまァ——相変わらずどんなに悪く考えても負ける未来は見えない。

§

アスラン魔法学園から合格通知が届き、父上と母上が狂喜乱舞したのが約一ヶ月前。

全寮制というシステムを変えるために行動を始めそうだった父上を何とか説得し、ついに今日が登校初日である。

「それで、なぜお前は俺と同じ馬車に乗っている？」

「不思議なことを聞くのね。将来を約束された二人が一緒にいることに、果たして理由は必要なのかしら」

「……既視感を覚えるのはなぜだ」

当然のようにアリスが一緒にいる。

一応なぜと聞いてはみたものの、俺自身アリスがいる日常を受け入れ始めている。

あんなにも嫌だったのに、今では特に何も感じない。慣れとは恐ろしいな。

「入試の後、なぜ不機嫌だったの？」

それは突然の問いかけだった。

「あぁ、少し気に食わん奴がいた。それだけだ」

「そう。じゃあなぜそれを私にぶつけなかったの？　馬車ではなく、私にぶつけて欲しかったわ」

「…………」

そうだ、コイツはこういう奴《やつ》だった。

でも……やはりあまり不快感を抱かなくなっている。

本当に慣れとは恐ろしい。

「そうだな。――次はお前にぶつけるさ。覚悟しておけ」

だから、ほんの軽い気持ちでこんなことを言ってしまうんだ。

「そ、そう……それは楽しみだわ……ハァハァ」

頰《ほお》を紅色させ、息が荒くなる。そして悶《もだ》えるように体をくねらせる。

相変わらず気色が悪い。……けどまぁ、偶《たま》にはいいだろう。

そんなことを話しているうちに馬車が止まった。窓の外に映るはアスラン魔法学園。

ここからだ。ここから全てが始まる。

「足元にお気をつけ下さい」

俺が馬車をおり、続いてアリスがおりる。

そして、聳《そび》え立つその大きく荘厳な門と再び対面した。

「ルーク様」

よく知る声で名を呼ばれた。

「なんだアルフレッド」

「王国騎士団の方に私から話を通しております。もし剣の相手をお探しならば、どうぞお使い下さい」

「クク、相変わらず気が利くなァ。次お前と剣を交えるとき、俺は今より強くなっている。期待していろ」

「楽しみでございます。──それと、こちらをお受け取り下さい」

「ん、なんだ？」

アルフレッドさんから手渡されたそれは、鞘《さや》に納まった一振りの短剣だった。派手な装飾はないが、その手触りと重厚感からとても精巧なものだとわかる。

抜いてみた。──本物だ。

「私からの御入学祝い、そして皆伝の証《あかし》としてお受け取り下さい」

「クク、受け取っておこう」

俺はその短剣を懐にしまった。

アルフレッドさん、本当にありがとう。ここまでこられたのは貴方《あなた》のおかげだ。

「それじゃあな。父上と母上によろしく頼む」

「かしこまりました。いってらっしゃいませ、ルーク様」

「あぁ。行くぞアリス」

「えぇ、どこまでも一緒に行きましょう」

「そうだ——は？」

「早く行きましょう。遅れるといけないわ」

「……そうだな」

言いたいことはいろいろとあったが、俺は正門をくぐり学園内へと足を踏み入れた。そのまま校舎へと入る。二階へと上がればすぐにその教室が見えたので、そのまま歩く。

俺は扉に手をかけ、少しだけ間を置き、そしてゆっくりと開けた。

教室の扉を開けた瞬間いくつもの視線が突き刺さった。教室にいるのは三十人ほど。

当然だが、この場にいる全員が俺やアリスと同じ制服を身につけている。長い机と椅子がずらりと並んでいる教室はこの人数に対して広すぎる為《ため》、どうも歪《いびつ》な印象を受けた。

皆が思い思いに過ごしている。

寝ている女。

本を読んでいる男。

机に足をあげ、何故《なぜ》か俺を睨《にら》む目つきの悪い男。

キョロキョロと辺りを見回している落ち着きのない女。

俺たちのことなど一切意に介さず、姿勢を正したまま一点を見続ける男。

薄い笑みを浮かべた気色の悪い男。

俺を、いや、アリスを睨んでいる女。

そして、

「これはルーク様!!　やはり合格していたのですね!!」

目の前までやってきたこのデカブツ。

「誰だお前は」

「えっ⁉」

いや、本当に誰だ。もし一度でも会っているのに俺の記憶にないのなら、本当にどうでもいい奴の可能性が高い。

「た、大変申し訳ありません!!　ご挨拶がまだでした。ノルマンディー子爵家次男『ヒューゴ・ヴァン・ノルマンディー』です。入試の際は、道を塞いでしまい申し訳ありませんでした!!」

「……あぁ」

思い出した。コイツ、入試の時アベルに絡んでいたいかにもなモブだ。

というか……受かったのかコイツ。

こういう主人公に絡むタイプのモブは落ちるものだと思っていた。

「それでヒューゴ。俺の席はどこだ」

「はい!! 特に指定がないようなので、どこでも大丈夫だと思います!!」

「そうか」

……いちいち声がデカい。この教室にいるってことはこれから同級生になるわけだが、もう既に俺はコイツが嫌いだ。

いや、待てよ。コイツの立ち位置的には俺の取り巻きになるんじゃないか？ いるものだよなぁ、悪役貴族には取り巻きが。だとしたら凄く嫌だ、できるだけ絡まないようにしよう。

ヒューゴはアリスにも挨拶をしているようだったが、まさかのガン無視である。

分かりやすく落ち込んでいる。返事をした分、俺はアリスよりも優しいと思う。

とりあえず席は後ろの方に座ろう。そう思って歩いていると、

「やぁ、僕は『レオナルド・リン・ウェルズリー』。レオナルドでいいよ。よろしくね、ルーク君」

今度は薄い笑みを浮かべた気色の悪い男が話しかけてきた。

誰とでも仲良くなれますよ、と言わんばかりに笑っている。――気持ち悪い。

「あぁ」

手を差し伸べてきたが、それは無視してそのまま歩き始めた。

返事をしてやっただけマシだろう。

「君はアリスさんだよね。よろしく」

コイツは全員の名前を覚えているのだろうか。そんな疑問が脳裏に浮かび――

「気安く私に話しかけないでくれる？　はっきり言って、貴方のその貼り付けたような笑顔が気持ち悪すぎて吐きそうだわ」

「……え」

「……え」

図らずも、俺とレオナルドの声は重なった。

あれ、そんなキャラだったか？　顔だけで言えば、コイツは普通にイケメンだと思うが
……いや、そういう問題ではないな。

うむ、完全に教室の空気が凍っている。こんな所で氷タイプを発揮するのは本当にやめて欲しい。

「……ご、ごめんね。気を悪くしたなら謝るよ」

「行きましょうルーク。できれば彼から離れた席に座りたいわ」

「………」

「……あぁ」

一体、彼が何をしたというのだろうか。よくよく考えてみれば、ただ単にクラスメイトとして挨拶をしただけではなかろうか。

トボトボと席に戻る彼の背中はどこか悲しげで、その表情こそ見えないが恐らく先ほどまでの笑みは失われてしまっていることだろう。

さすがに同情してしまう。ただ、本当に気の毒だが俺にできることはない。

今はそっとしておこう。……それにしても、分からない。俺と話している時と違いすぎる。アリスのことが一気に分からなくなった。

ただの変態だと思っていたが、どうやら女というのは俺の想像よりもはるかに多面的で複雑な生き物らしい。

もう既に濃厚な出来事が起こりすぎているが、ようやく俺は腰を下ろすことができた。

当然のように俺の隣に座るアリス。なんであんな態度をとったのか気になりはするが、今聞くのはやめておいた方がいいだろう。

教室が静かすぎて全員に聞こえてしまう……これも全てアリスのせいだ。

「入試以来ね、アリス」

しかし、その静寂は破られた。

正直俺はすでにだいぶ疲れている。

うんざりとした気持ちで目を向ければ、アリスを睨んでいた女だ。

いや、コイツは知っている——レノックス家の三女だ。一度パーティーで会っている。

「あら、どちら様かしら」

「ミアよミアッ!!　知っているでしょ!?」

「うーん、いたかしらねそんな人？」

「いたわよ!!」

……なんなんだコイツら本当に。声がでかい、うるさい。

「ルークも久しぶりね」

「あぁ」

どうやら向こうも俺のことは覚えているようだ。

「挨拶が済んだならさっさと自分の席に戻ったら？　貴方の金切り声を聞いていると耳鳴りがしてくるの」

「なんですってッ⁉」

アリスの肩を持つわけでは決してないが、確かに声が高い。

特別高いわけではないが、声が大きいこともあいまって割とうるさい。

「……アリスが受かってくれて良かったわ。入試の時、運良く私に勝ったからって調子に乗らないことね」

「あら、貴方と戦ったかしら？　ごめんなさい、よく覚えてないの。他と変わらなくて」

「――ッ‼　……その言葉、後悔しないことね」

そう言ってミアは戻っていった。

確かミアは三属性を発現させた逸材だったはず。

勝ったのかアリス。まぁ、驚きはしないが。

……それより、本当になんなんだ。

コイツ、俺を上回る速度で敵を作り続けている。人のこと言えないが、できることなら
やめた方がいいと思う……本当に人のこと言えないが。

そんなことを思っていた時、勢いよく扉が開かれた。

「間に合ったぁぁ!!」

「待ってよリリー！　走っちゃダメだよ！」

——主人公の登場である。

「…………」

「…………」

そして静寂。

当然だ、アリスが教室の空気を氷漬けにしてしまったんだから。

「……アベル、どこかに座りましょう」

「……そ、そうだね」

姿勢を低くして小走りで席に向かうアベル。

こうして改めて見れば、本当に何も感じない男だ。

まァ、それが逆に不気味なわけだが。

アベル達が席に座るのとほぼ同時に遠くで鐘が鳴った。

「揃《そろ》っているな」

呼応するように一人の女性が入ってきた。

「一年を担当することになったフレイアだ。よろしく頼む」

その声に返答する者はいない。依然、教室は凍りついたままだ。

しかし、フレイアと名乗った女性はまるで気にする様子はない。

「この学園を受けたのだ。『序列』の存在は当然知っているな？　早速だが、お前らの今の『序列』を発表する。確認しろ」

なんの疑問を抱くことも許されずそれは開示された。

1. ルーク
2. アリス
3. ミア
4. ロイド
5. リリー

6. レオナルド
7. シトリカ
……
39. ヒューゴ
40. アベル

「何ッ⁉ 俺が三十九位だと‼ 納得いかん‼」

「静かにしろ。まだ説明の途中だ」

声を上げる者こそ一人だが、自身の序列に不満がある者は他にもいただろう。

「これは入試の時に測定した保有魔力量、捻出魔力量、そして筆記と実技の結果から総合的に判断した結果だ。――まぁ、これはお前ら一年のみの序列でしかない。今から学園全体での真の序列を見せてやろう。こちらが本来の序列だ」

そして、示されたのは俺が下から四十番目でしかないという事実。

学園全体での序列は第八十一位。俺の上に幾つもの名前が並んでいる。

その名前の隣に（2）や（3）と書かれていることから、おそらく上級生なのだろう。

面白いのは最も上に書かれた名前の横に（2）と書かれていることだ。つまり、序列第一位はおそらく二年生であるということ。——この『エレオノーラ』という名前には妙なひっかかりを覚えるのだが……うむ、思い出せん。

俺が一年の中では序列一位であるということに驚きや喜びはなかった。あるのは当然だという感情のみ。それ以上のものはない。

ただ、目につくのは『アベル』が最下位であるということだ。

「お前らの能力差でこれは決まる。『序列』とはこの学園での全て。つまりは『価値』だ。これから配る資料には曜日ごとに受けられる授業が載っているが、これも好きに受けたいものを決めていい。いくつか必修はあるがな。学校の施設も全て利用できる。個別で教員を頼るのもいい。『序列』を上げる為《ため》に必要だと思うことを各自で判断しろ」

……なんだろう。とんでもない学園に入ってしまった気がしなくもないが、まあいい。

配られた資料に目を通す。曜日ごとにびっしりと授業の時間割と担当教諭が示されている。……ん？

なんか、アメリアさんの名前があるんだが。

この『属性魔法学【応用】』って授業担当している。

「まぁ、私からアドバイスがあるとすれば『魔道具学』は取るべきだ。後に説明する『序列戦』において、魔道具に関しては自身が作製した物に限り持ち込むことができるからな」

なるほど。

何を選択するのも自由。全ては『序列』を上げる為に。

確かに、完全なる実力主義だ。

「それでは『序列戦』について説明する。なに、難しいことはない。簡単に言えば序列を上げる為の魔法模擬戦だ。詳しいことは今から配る資料に目を通せ。『序列』を上げることで得られる恩恵も記してある」

そして配られる資料。

目を通せば、そこには以下のようなことが記されていた。

++++++++

・序列は国民へ公表される。
・国民は序列戦を観戦することが認められている。
・序列戦は下位の者が上位の者に挑む形でのみ成立する。
・自身の序列よりも十以上高い序列の者には序列戦を挑むことができない。

・序列下位の者が序列戦で勝利した場合、敗者である上位者の序列を獲得できる。
・序列戦で敗北した者は序列が一つ下がる。
・序列戦を挑まれた者は基本的に拒否できない（怪我《けが》、体調不良等のやむを得ない事情がある場合を除く）
・序列戦の勝者はその日から一週間挑戦されない。
・序列戦の敗者は一ヶ月間序列戦を行うことができない。
・同一人物に三回敗北した場合、年内に限りその人物への序列戦を行うことができない。

＋＋＋＋＋＋＋＋＋

色々と書かれているが、重要な点はこんなものだろう。

それにしても何だこの内容は。まあ、想定の範囲内ではあるが。

「ここに記してはいないが、これから一ヶ月間は学年内に限り序列に関係なく誰にでも挑戦可能だ。自身の序列に不満がある者はこの期間でどうにかしろ」

案の定と言うべきか。

ただでさえアリスのせいで凍《い》てついたように静かだった教室からさらに音が消えた。

誰かの唾を呑《の》む音がやたらと大きく聞こえた。

「なんだお前ら？　分かっていてこの学園に来たんだろ？」

フレイアの抑揚のない声だけが響く。

「ここはそういう学園だ。入学しただけで満足していたのか？　お前らはこの国で十人しかいない『魔法騎士』を目指すという意味を本当に理解しているのか？　努力を怠る者に居場所はない。惨めな思いをしたくなかったら死にもの狂いで学び、強くなれ。私から言えるのはそれだけだ」

「…………っ」

「フフ、安心しろ。この学園に入学できる程度の才能がお前らにあることは既に保証されている」

なるほど。このイカれた実力主義の学園で序列最下位のアベル。

とても分かりやすい成り上がり物語だ。

「何か他に質問はあるか？　なければ今日はこれから寮に移動して――」

「はい……」

手を挙げたのは――アベルだ。

「序列戦とは……いつから行えるのでしょうか。……例えば、今すぐ行うことはできるのでしょうか？」

「なんだ？」

教室にピリリとした緊張感が走った。

多くの者が、信じられないものを見る目でアベルを見た。

「フフ……ハッハッハ!!　面白いなお前ッ!!　本来は書類を通しての手続きが必要だが、今回に限り免除としてやるッ!!　誰とやりたい!?　言ってみろ!!」

「………」

あぁ、何となく分かっていたよ。こうなることは。

「……ル、ルーク君とやりたいです」

おどおどとしながら、アベルはゆっくりとこちらを向いた。

その目の奥には勇気と恐怖がせめぎ合っている。

見れば体も僅かに震えている。

これだけの内容を聞かされて、よく俺に挑もうと思ったなァ。だが、俺にはお前の心が手に取るように分かるぞ。

強さに焦がれているからこそ、この場で最も序列の高い俺との距離が知りたいんだろ？
越えるべき壁がどれほど高いか知りたいんだろ？
いや、あわよくば越えてやろうなんて思ってんのかァ？
「――あぁ、いいぞ。やろうか」
そんなに知りたいなら教えてやるよ。
格の違いってやつをなァ。

3

そこはまさしく〝闘技場〟だった。
広大な中央の空間を幾つもの客席が円形に取り囲み、それを守るように何層もの『魔法障壁』が展開されている。

だが、それはただ感じ取れるだけ。俺の知る魔法障壁よりも遥《はる》かに透明だ。

何かしらの仕組みがあるんだろう。もしかしたらこれは魔道具によるものなのかもしれないが、今考えるべきことではないな。

俺は真《ま》っ直《す》ぐと目の前の『敵』を見据える。

そう、敵だ。

アベル……俺は、お前を敵と認識するぞ。

今のお前程度が俺の敵となりえるとは到底思えない。一体、何度お前との戦闘をシミュレーションしたと思っているのだ。

はっきり言って、俺は実力が未知数のフレイア以外の全てを見下している。

現在の『序列』によって、俺より下であることが分かっている者たちなど心底どうでもいい。

だが、抑える必要があるとも思えないこの傲慢な心を今だけは抑えよう。

完膚なきまでの勝利の為に――。

「両者、距離を取れ」

フレイアの声が響く。
観客席には先程出会った者たち以外の生徒や教師の姿まで見える。
良かった、良く見えているな。視界は澄み切っている。
唯一の懸念だった。
実際に『主人公』であるお前と正面から対峙《たいじ》した時、俺は何を思うのか。
それだけが不確定要素だった。

何もない。

俺の心には波一つない。

俺は自分の口元が歪み、それが裂けたような笑みへと変わることが分かった。
アベルは剣を抜く。それに呼応するように会場が僅かにどよめいた。
この魔法が全ての学園においてはそれだけで異様だ。
しかし、剣がお前だけのものと思うなよ？　そのまま俺も剣を抜いた。
両者ともに剣を構える。この学園において、それは極めて異質な光景だろう。

「やっぱり……剣を使うんだね」

「なんだ、知っていたのか」

「うん、師匠が君のことを話してくれたよ。『化け物』のような天才がいるってね」

「……なるほどなァ」

アベルの身体はほんの少し震えている。それでも決して俺から目を背けない。

絶対に折れない信念を持っている奴《やつ》の目だ。

喩《たと》えるなら、俺が『魔王』でお前はそれに立ち向かう『勇者』ってところかァ？

勝ちを確信しているから俺に挑んできたわけではない。

コイツにとって、何らかの譲れない理由があったんだ。

「両者、準備はいいな？」

フレイアが最後の確認をする。

「クク、あぁ」

「はい……！」

いつだっていい。

あらゆる可能性は想定済み。

実際にアベルを見ても何も変わりはしなかった。

「それでは──始めッ!!」


言葉の瞬間、アベルは俺から更に距離を取るようにバックステップした。

そして魔法を構築し始める。欠伸《あくび》が出るような速度で。

その集束していく魔力を見て俺は確信する。

やはり、入試の時から大きな変化はないと。

──『身体強化×5』

アベルは魔法を発動する。

ほらな、想定通りだ。

「……いくよ」

「あぁ、こい」

俺は何も魔法を発動しない。

ただ、剣を構える。全て剣で対応できると確信しているから。

剣術を学んだことで得られた最大の恩恵は『目』を養えたことだ。

力では絶対に勝てないアルフレッドと何度も斬り結ぶ上で必要なのは、相手よりも先に行動を始めることだった。

相手が動くよりも先に自身がどう動くかを決め、起こりをおさえ、時にいなし、そして隙を決して見逃さない。

言ってしまえば俺にとって剣術はそれだけだった。

しかし――たったそれだけの何と奥深いことか。

俺が剣術の虜《とりこ》となるのに時間はかからなかった。

それは今も変わらない。本当に面白い世界だ。

俺はやはり、魔法よりも剣が好きなんだろうなァ。

俺の剣は『後』の剣だ。

自分からどんどん攻めたてる『先』の剣じゃなく、相手の動きを見切り隙を突く剣。

これはアルフレッドとの鍛錬の中で自然とそうなったものだが、俺は自分に最も合っていると確信している。魔法も使えるのだから尚更《なおさら》だ。

そして、何より俺は『目』が良い。相手の些細《ささい》な所作、呼吸、衣擦《きぬず》れ。目から得られるあらゆる情報が相手の次の行動を教えてくれる。

だから俺の剣はこれでいい。何も間違っちゃいない。


なァ、アベル——ただ速く重いだけの剣が俺に通じるとでも思っているのか？

それが如何《いか》に人間を超越した一撃だろうと、正面からの剣に俺が対応できないはずがない。しかも入試の際に一度見ている。

ふざけるなよ。その程度で勝てると思われたなら、随分とナメられたものだ。

アベルが地面を蹴った。

何かが爆発したかのような轟音《ごうおん》と共にその姿がブレた。

俺をして完全に目で追うことが不可能な速度。

だが、それだけだ。

あまりに素直なその一振り。

受け流すことなど容易い。

ほらな、ここだ。

あとはこの『力』を逃がしてやるだけ。

「――ッ!?」


おいおい、何を驚いているんだ？

本当にこの程度で俺に勝てると思っていたんじゃないよなァ？

あまり、俺をみくびるなよ。

流れる水のように剣を振り抜く。

すると、アベルは勢いそのままに俺の横を転げながら通り過ぎた。

地べたに手をつきながら、驚愕《きょうがく》に満ちた目で俺を見る。

「どうした？　もう終わりか？」

そう聞けば、アベルは雑念を払うように首を振った。

その目に闘志が戻る。それでいい。ほら、こいよ。

「まだだッ!!!」

吐き出すような気合いと共にアベルは再び超加速する。

それでも結果は何も変わらない。

ただ剣を一振り。そしてまた、アベルは無様に転げる。

三回凌《しの》いだ。――もう慣れた。

叫びながら突撃してくるアベルに、俺は拳を合わせた。

確かな衝撃。何かが砕ける音。

俺の拳が顔面を直撃し、倒れ伏すアベルと再び目が合う。

その驚愕と絶望に満ちた目を見た瞬間――途方もない愉悦が電流のように全身を駆け巡った。

「アッハッハッハッハッ!!」

§

自惚《うぬぼ》れていたわけじゃない。勝てると思っていたわけじゃない。

でも、師匠と出会って、自分の強くなれる道を見つけて、不可能だと言われたアスランに合格することができた。

心のどこかに――『もしかしたら』という思いがあったことは否定できない。

「アッハッハッハッハッ‼　どうした、もう終わりか⁉」

目の前で嗤《わら》う『怪物』を見ながら思う。

こんなにも……こんなにも遠いのかと。頂を見ることすら叶《かな》わないほどに離れているのかと。

何も通じない。これから努力を重ねたとして……いつかこの領域に届くことができるのだろうか。心が暗い霧に包まれていく。

「知りたいんだろ？　俺とお前の距離を。――見せてやるよ」

そう言ってルーク君は瞬《まばた》きするほどの速さで一つの魔法を発動させる。

「──『闇の太陽』」

瞬間、ルーク君の手のひらにとても小さな黒い塊が現れた。

「これは俺の〝闇〟を極限まで凝縮させた『核』だ。ほら──始まるぞ？」

声が出ない。視界が霞《かす》んで良く見えない。

それでも、その感覚だけはとても明瞭だった。魔力がごっそりと抜ける、その感覚だけは。

「──カハッ」

強烈な目眩《めまい》、吐き気。もはや力が抜け立つことすらできない。

「な、魔力……が……」

「く、クソがァァァッ!!」

「……ハァハァ」

「何よ……これ……」

「マズい……意識……が……」

グニャリと歪んだ『魔法障壁』は黒い塊に吞み込まれて消えた。

僕だけじゃなく、観客席にいる皆も苦しんでいる。

「アッハッハッハッ!! 良い魔力が集まったなァ」

気づけばルーク君の手のひらにあった小さな黒い塊は、とてつもなく巨大なものへと変貌していた。


黒く禍々《まがまが》しいそれは——正しく『闇の太陽』だった。

光が消えていくのが分かった。

ここで僕は死ぬ……自然とそう思った。

でも、

「——誰が」


それは認められない。

認めちゃいけないッ!!

こんな、こんな所で――

「諦めてたまるかァァァァッ!!」

僕はこんな所で死ねない。
まだ、何もなしていないッ!!
だが現実は非情だ。
どんなに意志が抗っても身体はピクリとも動かない。
「クク……やはりかッ!!　やはりそうなのだなァッ!!　――お前に敬意を表そう」
クソッ！　動けッ!!　動けよ僕の身体ッ!!
でもやっぱり動かない。クソ……クソっ……あぁ、本当に……。
なんでこんなに……僕は弱いんだろう――。
視界が狭まり、意識が遠のいていく。
世界から完全に光が消える直前、フレイア先生の「そこまでだ」という声が聞こえた。

§

フレイア先生が試合の終わりを告げる。

その瞬間、ルークが創り出した巨大な『太陽』は嘘《うそ》のように霧散した。

身体の内側から引っ張られるようなあの独特の感覚も消えた。

魔力が失われていくと共に湧き上がる底無しの無力感、そしてそんな無様な私を見下すルークの視線。――あぁ、たまらない。

身体の奥がゾクゾクして下腹部が熱くなる。

今それが私に向けられていないのが本当に残念でならないわ。

「ほんと、ルークはとんでもないわね……」

「……ハァハァ」

「だ、大丈夫アリス？　顔が赤いけど……」

「心配いらないわ。私のことは放っておいてちょうだい」

「そう……ならいいのだけど」

いつもなら身体の疼《うず》きはすぐに収まる。いや、収められる。

なのに今日は……違う。収まるどころか、私の身体はどんどん熱を帯びていくばかり。
……本当は分かっている。とっくに限界だった。ずっと我慢してきた。

私の全てが変わった――『あの日』から。

ルークと出会う以前、私は自分がこの世で最も優れた人間であると確信していた。
疑ったことなんてなかった。だって、周りが私を見る目はいつも同じだったから。
だから気に入らなかった。あのパーティーでルークを初めて見た時。
これまで私が周りに向けてきたのと同じ目をしていたから。
その取るに足らない有象無象を見る目を、屈辱に染めてやりたいと思った。
傲慢に満ちたその心をへし折り、憎悪に満ちた彼をさらに打ちのめす。
そうすればどれだけ愉快だろう。どんなに憎もうと何もできない彼を想像するだけで、
身体の奥底がゾクゾクと震えた。

でも――そうはならなかった。

屈辱に染められたのは私の方だった……勝負にすらならなかった。

彼にとって、私は本当にただの有象無象の一人でしかなかった。


無力な私。

惨めな私。

憐れな私。


これまで感じたことのない、夥《おびただ》しいほどの黒い感情が私を覆い尽くした。

そして……私は変わった。嫌悪すべきその感情は『快楽』となり、そして『愛』へと姿を変えた。

彼と時を共に過ごすようになり、その歪な感情はどんどん膨れ上がった。

自分でもなぜなのか分からない。それでも確かに、私は根底から作りかえられた。

もう以前の私に戻ることはできない。戻りたいとすら思わない。

でも……それは同時に苦痛の始まりでもあった。

彼は決して努力を怠らない人だった。会いにいけばいつも剣を振っているか、魔法書を読んでいるかのどちらか。

私のことなんてまるで見ようとしない。何かに取り憑《つ》かれたように研鑽《けんさん》を続け、満たされることのない渇いた心で『強さ』を求めていた。

その時、私は理解した。

彼は――大きすぎる『光』なのだと。

光は時に希望や憧れとなる。

でも、それが大きすぎればどうか。その眩《まばゆ》さゆえに見る者の目を焼き、近づかんとしようものなら焼き尽くされる。

時に人を惑わし、狂わせる――そんな大きすぎる光。

ルークはまさにそれだった。彼の属性が『闇』なのは本当に皮肉な話だわ。

それでも、私はルークを愛してしまった……いや、これはそんな綺麗《きれい》な感情ではない。

もっとドロドロとしていて悍《おぞ》ましい、『依存』や『狂愛』といった感情。

いつの間にか私は彼がいない世界なんて想像できなくなっていた。

優しくされたわけでも、愛を囁《ささや》かれたわけでもない。

なのに、私の心は他の色が入り込む余地がないほどに染まりきっていた。

私はこれまでしたことのなかった努力をするようになった。それも生半可なものではない。

必死に、本当に必死に頑張った。ルークの目に少しでも映りたかったから。

辛い日々だった。時間の許す限り魔法を探求し、夜は募る欲望を発散する為《ため》に惨めに自慰にふける。いつしかそれが私の日課となった。

……これが、ルークという大きすぎる光の傍《かたわ》らにいるということなんだと、自分に言い聞かせた。

ルークのことを忘れられたらどれほど楽だろうとも考えたけど、無理だった。一度でもその強烈な光に魅入られたら、絶対に抜け出すことはできないんだと思う。

ただ、その甲斐《かい》あってルークが私を少しずつ見てくれるようになった。

嬉しくて嬉しくて、たまらなかった。

どんなに辛くても、それだけでいくらでも頑張れた。

だけど――人間の欲求は底無しなんだと私は理解した。
ルークのそれは甘い毒のようにゆっくりと私を侵していった。

もっと。
もっと、もっと。
もっと、もっと、もっと、もっと、もっと――。

私の欲望は加速度的に膨れ上がっていった。
際限なく膨れ上がる欲望、それを我慢しなければならないという苦痛。
この苦痛は日に日に大きくなるばかりだった。
だからもう、こうなる運命だったのかもしれない。

今日ルークの『闇の太陽』を見た瞬間――私の中で何かが音を立てて壊れた。

それは枷《かせ》のようなものだったんだと思う。

枷を失った私の心はこれまで抑えてきた欲望が溢《あふ》れ出し、あっという間に覆い尽くした。

「寮では朝食と夕食が出る。いくつか規則はあるが基本自由だ。好きにしていい。あと、お前ら仲良くしろよ？　その方が得だ。この学園に入学した時点で、お前らはそれなりの地位が約束されたようなもの。そんな者たちとコネクションを持てるのも、この学園の恩恵だ」

気づけば、私は寮にいた。意識がぼんやりとしている。

「それでは解散とする。明日から授業が始まる。受けたい授業がある者は遅れるなよ」

一階が共同、二階が男子、三階が女子のフロアとなっていた。

指定された自室へと向かう。着けばすぐに扉を開け、入り、そして閉めた。忘れず鍵もかける。

そのままベッドに倒れ込み、そしてシーツの中に潜り込む。

自然と手は下腹部へと伸びていった。……良くない、クセになっている。

でも、今はこの熱の塊のような身体の疼きをどうにかしないと頭がおかしくなってしまう。

「……っ」

──私は下着の上からそっとなぞった。

しばらく自分を慰めた。
どうにかこの熱を身体の外へ逃がしたくて。
でも……だめ。
どんなに慰めても疼きは増すばかりで、とても満足できない。
やっぱり、あの時何かが壊れたんだ。私を抑えつけていた何かが。
「……ハァ……ハァ」
――もう十分我慢した。
そんな声が聞こえた気がした。
これ以上は無理……もう我慢できない。
気づけば私は部屋を出て、歩き出していた――ルークの部屋へ。

脳の冷静な部分が私を肯定する理由を探す。

生理はこの前きたばかり、だから大丈夫。それに私とルークは婚約している。

将来を約束された関係なのだから、何も問題はないはず。

そんなことを考えているうちにルークの部屋へとたどり着いた。

この瞬間になって、妙な緊張感が私の心にじんわりと広がっていった。

でも、それ以上に身体が疼く……だから意を決し、私は部屋をノックした。

幸か不幸か、扉はすぐに開いた。

「お前か。何をしに来た？」

明らかに嫌そうな彼。ゴミを見るような目を向ける彼。なんの躊躇《ためら》いもなく、私のことを否定する彼。

その全てが私を高揚させ、僅かに残っていた理性を塗りつぶした。

「入れて……くれるかしら」

「……あぁ」

ルークは意外にもすんなりと入れてくれた。

中に入れば、私は後ろ手に鍵をかけた。

「いったいお前は——は？」

服を脱ぐ。ゆっくりとではない。

すぐに上着を脱ぎ、下着も全て脱いだ。

「本当に、何をやっている……」

ルークは顔色一つ変えない。

でも声が少しだけいつもと違う。それが可愛《かわい》くて仕方なかった。

「……っ」

私はそのままルークへと近づき、唇を重ね、彼の口内へと舌を這《は》わせる。

そのまま舌を絡み合わせながら、私はルークを押し倒した——。

§

窓から朝日が差し込む。

俺はベッドから身体を起こし、外を見る。

いい朝だ。本当に……いい朝だ……。

…………。

…………。

く、クソッタレがァァァッ!!!

男とはッ!!!

男とは斯《か》くも愚かな生き物なのかッ!!!

——ゴンッ。

俺は壁に頭を打ち付けた。

最悪だ……やってしまった。理性がまるで機能しなかった。

こうして一夜の過ちが起きるのだと、理屈ではなく身体で理解することになるとは……。

クソがッ!!　ここの警備はどうなってるんだッ!!

これすらも自由に含まれているのかッ!?

コネクションがどうたらってそういうことじゃねぇだろうがッ‼

……はぁ、落ち着け。悪いのは自分だろう。

こんなにも女に耐性がなかったとは……自分が情けなくて仕方ない。

まあ、剣術と魔法のことばっかりだったからなぁ……。

「おはよう、ルーク」

声が聞こえた。この部屋には、俺ともう一人しかいない。

「夜の方も上手《うま》いなんて。貴方《あなた》って本当に非の打ち所がないわね」

「……黙れ。さっさと服を着ろ」

「あら、まだいいじゃない」

……クソが。コイツの見た目だけは良いという特徴を軽んじていた。

ここまで暴力的な武器へと変わるとは。

「──どう？　まだ時間はあるのだし、もう一回くらいできるんじゃないかしら？」

「…………」

俺はアリスを見る。

雪のように白い肌、ほんのりと赤い唇、艶《なま》めかしい曲線的な体。

その全てが俺の情欲を逆撫《さかな》でする。あぁ……本当に──

「――さっさと四《よ》つん這《ば》いになれ」

男とは、斯くも愚かな生き物だ。

4

「…………」

前向きに考えよう。

十五という歳《とし》で女を知ることができた。それは、自身の弱点をまた一つ克服することができたということに他ならない。

これは悪いことじゃないはずだ。……そう、近づいているんだ俺は。

誰も辿《たど》りつけない真の高みへとな。

…………。

……はぁ。

「一緒に入ればいいのに」

「……黙れ」

アリスと交代で俺は風呂に入る。

思考を覆うこのモヤモヤを含め、色んなものを洗い流す。気を引き締め直そう。

体を洗っていると、ふと脳裏を過《よ》ぎることがあった。

――アベルだ。

正直、取るに足らない存在だった。

あの物理攻撃力は唯一無二。だが、それだけだ。

何回戦おうと俺の勝利は揺るがない。純粋な身体能力というわけではなく、魔力に依存した力である以上俺の敵にはなり得ない。

……クク。

しかし、あの日は良かった。

あれほどの実力差を見せつけられ尚《なお》折れることなくどこまでも強さを欲し飢えた心。

俺の想像していた『主人公』とはかけ離れていた。

「楽しめそうだなァ」

自然と言葉が漏れた。

そこで、俺は自身の心の変化に気づいた。

今までの俺は、どこか恐れていたんだ。いつか敗北するのではないか、という恐怖が時折心を覆いつくす。

これは今もなくなったわけではない。ただ、この状況の全てを楽しめている。

アベル、お前がこれからどんなに成長し強くなろうと俺はその先をいってやる。

だから——せいぜい足掻《あが》けよ？

§

食堂へと向かう。幸い、近いのですぐについた。

するとそこには既に先客がいた。昨日教室で見かけた、とても目つきの悪い赤髪の男だ。

何を言うでもなく、ただ黙々と食事を続けている。

「目つきが悪いわね。朝から不快だわ。消えてくれない？」

「……アァ？」

俺はどうでも良かった。

はっきり言って、有象無象が何をしようが知ったことではない。

しかも、コイツは多少目つきが悪いとはいえただ黙って食事をしているだけ。

気にする必要などない……だが、隣にいるアリスは違うようだ。

初めて教室に足を踏み入れたその日から片鱗《へんりん》はあった。

自身が少しでも不快だと感じたらその感情を何の躊躇いもなく口に出す。

俺以外の人間に対してやたらと攻撃的。なんというか……悪役側のヒロインって感じがする。原作でもルークのヒロインだったんじゃないだろうか。

「……クソッ」

赤髪の男は青筋を浮かべ、今にも殴りかかりそうな危険な雰囲気を醸し出した。

しかし意外にも素直に食器を持って立ち上がり、広いテーブルの端へと移動したのだ。

つまり、アリスの言葉に素直に従ったのである。

「身の程を弁《わきま》えているようで良かったわ。ルーク、食事にしましょう」

「──待て」

ほんの僅かに興味が湧いた。

「お前、名前はなんという？」

「……ロイド」

ロイド、ね。三属性を扱えるミアに次いで序列四位の男だ。

不良のような見た目に反してとても優秀だな。

だが、尚更《なおさら》疑問が湧く。

「なぜ、アリスの言葉に従う？」

「………」

ロイドの表情は怒りに歪み、歯を食いしばっている。

コイツ自身、アリスの言葉に従うのは本意ではないのだ。

それでも従うのは何かしらの意志があるということ。

決して曲げることのできない意志が。

「ルーク、そんな男どうでもいいじゃない。早く食事に――」

「お前は黙っていろ」

「ご、ごめんなさい……ハァハァ」

ロイドの答えが知りたかった。

「……入試の実技の時、俺はその銀髪と同じ会場だった」

「銀髪？　いったい誰に――」

「――黙れ、二度も言わすな。それで？」

「…………」

ロイドは一度言葉を区切った。屈辱と怒りに満ちた表情で。

隣から荒い息遣いが聞こえてきたが無視した。

「……強かった。俺よりも……クソがッ」

その言葉にはロイドという男の全てが詰まっているようだった。

「直接戦ったわけじゃねェ。でも……理解しちまった。今の俺じゃ勝てねェってな……」

「クク、なるほどなァ」

「お前もだ金髪。お前にも今の俺じゃ勝てねェ……。お前は銀髪よりもタチが悪い。どれだけ離れてんのかも分からなかった……クソッ」

　本当に面白い奴《やつ》が多いなァ。

「だが諦めたわけじゃ断じてねェ。今に見てろよクソが……ぜってェ超えてやる」

「アッハッハッハッ。面白いなお前、気に入ったぞ」

　気に入った。どこまでもストイックな男だ。自分より強いと認めた人間には、どんなに屈辱であっても従うほどに。

「やぁ、おはよう。みんな早いね。いいかな、僕も一緒に食事を――」

「駄目よ。消えてちょうだい」

「…………」

　爽やかな笑顔と共に現れたレオナルド。

　二秒でその笑顔は煙のように消えた……アリスの無慈悲な言葉の刃によって。

「こ、ここは座っていいかな……？」

「……好きにしろや」

「は、はは……ありがとう。こんなにも人の優しさが心に染みたことはないよ……」

「…………」

ロイドはレオナルドを受け入れた。

見た目に反して優しいらしい。つくづく意外性に満ちた男だ。

「おはよう」

「うるさいのが来たわね」

「おはようって言っただけでしょ⁉　うるさくないわよ！」

「ほら、うるさい」

「あ、アンタねぇ……ッ」

ミアが現れた。

ガミガミと文句を言いながらもアリスの近くに座って食事を始めた。

喧嘩《けんか》ばかりのように見えるが、意外と仲が良いのかもしれない。

「覚悟していなさいよアリスッ!!　一ヶ月以内に私は貴方《あなた》に序列戦を挑むわ!!」

「いつでもどうぞ。全てが〝中途半端〟な貴方に私が負けることはないわ」

「な、なんです——」

「それはダメだ、チビ」

別のところから声が聞こえた。

この『チビ』が誰を表しているのか、俺はすぐに理解した。

「だ……誰よ今チビって言ったのッ!!」

ミアのことである。そして、その自覚は本人にもあったようだ。

チビと言ったのはまさかのロイドである。

「まず俺と戦《や》れや。序列戦は負けちまうと一ヶ月間できなくなっちまう。だからまず俺と戦《や》れ。——お前じゃ銀髪には勝てねェ」

「……確かアンタ、アーバスノット家の次男……『ロイド・イーリス・アーバスノット』ね。知っているわよ。随分と魔法の腕が立つらしいじゃない。だから自惚《うぬぼ》れちゃったのかしら？　いいわ、やってやろうじゃない。教えてあげるわ……格の違いってやつを」

「ハッ、面白《おもしれ》ェ。教えてくれよ——チビ」

朝からものすごくバチバチ。ほんと、面白い学園に来たものだ。

§

午前中の授業をいくつか受けた。今日の授業は各属性ごとの座学がほとんど。

魔法戦演習なんかの実戦形式のものはなく、俺の闇属性の授業も当然ない。

だが、他の属性だろうと受ける価値があると思った。

俺の『闇属性』は魔力を吸収し、その魔力を使った魔法を行使することもできる。

つまり、他の属性魔法も条件付きではあるが使用できるというわけだ。

だから他の属性の授業も受ける意義はある……そう思ったが結果的に言えば最悪だった。

俺が五分もあれば済む話を九十分かけて長ったらしく説明するという、本当に非効率な授業だった。それなら受ける必要はない。

必要がある時のみ教師を利用すればいい。

そして今、俺はアスラン魔法学園が誇る大図書館にいる。ここは正しく宝庫だ。

知識という知識がここに集約している。

この図書館を利用できるというだけでこの学園に入った価値がある。一ヶ月は上級生に序列戦を挑むことができないから、暫《しばら》くはここで魔法の探求に時間を費やそう。

まあ一応、午後の『魔法薬学』のように、興味のある授業があれば一度は出てみるが。

それ以外はここで過ごそう。――さて、そろそろ移動するか。

「……あっ」

図書館を出ると同時に声がした。

目をやればそこに居たのは――アベルだ。

「き、昨日ぶりだね……」

平民以下の人間がこの俺に敬語をつかわない。だが、不快感はなかった。

俺自身、少なくともその程度にはアベルを認めているということか。

「アベル、だったな」

「うん。……えっと、ルーク君でいいんだよね」

「好きに呼べ」

俺の顔色を窺《うかが》いながら、とても気まずそうにおどおどとしている。

昨日の傷はもうどこにもない。決して軽いものではなかったはずなんだが。

やはり、神官の治癒魔法とは素晴らしいな。

「お前は、属性魔法が使えないんだろ？」

「……うん、よく知っているね」

「午前中は何をしていた？」

「えっと、ブラッドって先生が昨日の僕たちの戦いを見ていたらしくて……」

「……ほう」

「俺が鍛えてやるから来い、って強引に連れていかれちゃってさ……ははっ……」

アベルは疲れたように笑った。

そのブラッドとやらの訓練が随分と大変だったんだろう。

なるほど……やはり恵まれている。コイツには周りの人間を惹《ひ》きつける力があるんだ。

――実に、『主人公』らしい力だ。

クク……まったく、侮れないなァ。

「お前は何の為《ため》にこの学園へ来た？」

「……え」

「さっさと答えろ」

「あ、えっと――強くなる為、かな」

「なぜ強くなる必要がある？」

「それは……」

わずかに気になった。その程度の何気ない問いかけだった。

しかし、アベルの雰囲気が急変した。思わず息を呑《の》むほどに。

「――もう奪われないように、かな」

ハッ、ハハハッ!!

なんだその目はッ!! それが主人公がする目か!?

ほんの一瞬、本当にほんの一瞬だけアベルの闇を見た気がした。

惜しむらくは原作知識がほとんどないことだ。何があったらこんな目をするのだろう。


「——もしも」


そう、俺はちょっと意地悪がしたくなったんだ。

アベルの闇をもう少しだけ覗《のぞ》いてみたくなった。

「俺がお前の大切なものを奪いにきたらどうするんだァ?」

「…………」

「お前は勝てない。それは昨日分かっただろ? どうするんだァ? ほら、教えてくれよ。

お前の答えを——」

「——僕は」

こんなこと聞く必要はない。

だが、聞かずにはいられなかった。どうしてもアベルの答えが知りたかった。

「僕は――僕のすべきことをするよ」

「………」

アベルの答えはとてもシンプルだった。

でも俺は感じ取ってしまった……その言葉の奥に潜む本当の意味を。

「アッハハッハッ。――いい答えだ」

俺はお前を侮らない。この底知れない不気味さこそがコイツの本質。

良かった、この不気味さを間近で感じられたことはきっと俺の糧となる。

「あはは……ご、ごめんね、変なこと言って」

取り繕ったようにアベルは笑う。

先程までの異様な雰囲気はもうどこにもない。退屈しないなァ、この学園は。

ところで、コイツは何の授業を受けるんだろう。俺と同じ魔法薬学を受けるのか？

まあ何でもいい。俺も、俺のすべきことをするさ。

§

――深夜の王都。


血の匂いが漂う路地裏。

そこから出てくる二人の人影。――すぐさま跳躍し、屋根へと移動した。

月明かりに照らされたその姿は、肌の露出というものが全くといっていいほどない。

「また外れだなぁ」

「もううんざり。もっと直接的な行動をすべき」

「直接って、マジ？」

「マジ」

男の声と中性的な声。

「でもなぁ、ヤバいってお前。地道にやりゃあいいでしょうよ。ここの生活、案外気に入ってんのよ俺」

「……任務忘れた？」

「いや忘れてないけども」

「心配いらない。私がやる」

「私がやるって……」

「属性魔法使い。広域殲滅《せんめつ》能力は脅威。でも無敵じゃない。この国の人間。魔法を過信しすぎ。楽勝」

「はぁ……言い出したら聞かないんだからこの子は……でもこれだけは守れ。焦るな。ゆっくり確実にやろう」

「……分かった」

その言葉を最後に二人の影は闇夜に消えた――。

第四章　兄の暴走

1

『だっておかしいよ……罪を犯したわけでもないのに、僕たちと少し見た目が違うだけで奴隷だなんて……』

きっかけは本当に些細《ささい》なことだった。

今朝、ほんの気まぐれに俺がアベルに『お前は魔法騎士になったら何がしたい？』と聞いたことだ。アベルは『小さな村を作りたい』と言った。

人間は誰しもが強いわけじゃない。だからせめて、手の届く範囲の人達は守りたいのだと。

そして、アイツはこうも言った。

――『奴隷を解放したい』と。

特に〝獣人〟や〝エルフ〟といった、『亜人種』というだけで奴隷になっている者たちを。

……恐ろしいことに、俺は最初それが理解できなかった。

亜人種が奴隷であることをおかしいとまるで思えなかったんだ。

なぜ解放する必要があるのか。亜人種ならば奴隷で当然だ……と、無意識のうちに本気でそう考えていたのだ。

さらに恐ろしいのは、何もこの考えが異常ではないということ。俺の思想が特別過激なわけではなく、その場でアベルの話を聞いていたほぼ全ての者が亜人種は奴隷で当たり前だと考えていた。

まぁ、リリーという女だけはアベルの考えを既に知っていたようで驚いていなかったが。考えてみればその光景は以前からあった。うちの領地でも獣人やエルフを見掛けることは稀にあったが、必ずと言っていいほど誰かに仕えていた。

例外は他国から来たであろう冒険者くらいか。

――『亜人種は人間の奴隷』

これはミレスティア王国の『常識』であり、この身体に染み付いている『当たり前』なんだ。だから気づけなかった……のだと思う。

それを脳とは別のところにある知識が否定するかのような奇妙な感覚。

俺が転生者だからこの異様さに気づけたのだろうか。

今の今まで不思議に思うことすらなかった。逆に、なぜアベルはこの常識をおかしいと思うことができたのか。この国の出身ではないのか？

「……今は考えても仕方ない、か」

すぐにどうこうできることではないし、しようとも思わない。

少なくとも今の俺にはやることが幾つもある。

まぁ、ありとあらゆる〝自由〟と〝権力〟が与えられる『魔法騎士』に俺がなった暁には、このくだらん常識を変えてやってもいい。排斥するのではなく利用すべきだ。こんな合理性に欠けるものは好かん。

だが、解放といっても様々な問題が付随する。一朝一夕にはいかないだろう。

いずれにせよ、さらに深く学ぶべきだ。この国や他国の歴史なんかも。

そんなことを考えながら俺は図書館から出た。

すぐに意識を切り替える。

これから俺が受けるのは、今日最後の授業である『特殊魔法戦演習』だ。

事前に配られた資料に講師名の記載はなく、『特別講師』とだけ記されている。

このような記載がされている授業はいくつかあるが、『特殊魔法戦演習』もその一つというわけだ。

授業内容に関しては『特殊な属性魔法を使う敵を想定した戦闘演習』と書かれている。

クク、随分と心躍らされる内容じゃないか。

どんな授業になるんだろうなァ。少しだけ楽しみだ。

§

「久しぶりだね――アリス」

「嘘《うそ》……でしょ……」

さすがに俺も驚いた……これはあまりに予想外だ。

「ルークくんも久しぶり。最後に会ったのは一年前くらいかな？」

「……あぁ」

銀色の髪、切れ長の碧《あお》い目、透き通った白い肌、端整な顔立ち。


アリスの兄──『ヨランド』である。


「みんな揃《そろ》っているかな？　そろそろ授業を始めるよ！」

アリスが見たことないほど動揺している。

「ちょっと、アンタのお兄さんすっごいイケメンじゃない」

ミアがアリスに耳打ちする。

「……どこがよ」

心底嫌そうな顔でアリスはそれを否定した。

いや、客観的に見てもヨランドの顔は非常に端整なものだ。

「か、かっこいいですぅ……」

「やばっ、イケメンすぎっしょ」

他の女生徒からも感嘆の声が漏れる。

それに対し、アリスからはため息が漏れた。

「……はぁ」

「まずは簡単な自己紹介から始めるね。僕の名前は『ヨランド・エリアス・ロンズデール』。気軽にヨランド先生って呼んで欲しい、よろしくね。あと、もう気づいている人もいると思うけど、あそこにいるアリスは僕の妹だよ」

「………………」

愉快そうに笑うヨランド、不愉快そうに目を細めるアリス。

とても対照的な兄妹だ。

実際会ってみれば妙な異質さを感じる男だったが、アリスからは取るに足らない人間であると聞いていた。しかし――

「一応、僕は『王国第二魔法師団副師団長』という肩書きを持っているよ。まあ、今年拝命したばかりなんだけどね」

どうやら、その認識は過去の話のようだ。

噂《うわさ》は聞いていた。王国の魔法師団に所属しているが、冴《さ》えない一般兵であると。

だが二年前、突然頭角を現してきたらしいとも聞いていた。

そう――不本意にも俺とアリスの婚約が成立した二年前だ。

ただ、副師団長なんて地位にまで上り詰めていたというのは初耳だ。

たかが一般兵だった男が二年で副師団長。明らかに普通ではない、異常だ。

「さて、僕の自己紹介はこれくらいにして、さっそくこの授業の説明を始めよう。僕の授業は『特殊魔法戦演習』って名前なんだけど、誰か内容を知っている人はいるかな？」

「はいッ！」

ピン、と手を挙げる男が一人。

「じゃあ君。名前は？」

「はい！　ローガン・ロール・コンプトンであります！」

「おっけー、ローガン君。それじゃあ答えてくれる？」

「特殊な属性魔法を使う敵を想定した戦闘演習、であります！」

「正解。じゃあその『特殊な属性魔法』って例えばどんなのがあるか分かる？」

「それは……分かりませんッ！」

「うん！　素直でよろしい！」

やたらと姿勢が良いローガンという男とのやり取りをみて、アリスがポツリと呟《つぶや》いた。

「……気持ち悪い」

――その瞬間ヨランドの動きがピタリと止まり、瞬《まばた》きする程の一瞬ブルリと身体を震わせたのを俺は見逃さなかった。

え……なんだ今の……。

ものすごく悍《おぞ》ましい何かの片鱗《へんりん》を見た気がする。

「そ、それじゃあ説明を続けるね。いわゆる四大属性――『炎』『風』『水』『土』。その四大属性からかけ離れた属性のことだよ。例えば、僕の『磁力』って属性がまさにそう」

――『磁力』ねェ。

「じゃあ大柄の君！」

ヨランドがビシッと指を差した。

「お、俺ですか？」

「うん、君。名前は？　ファーストネームだけ教えて」

「ヒューゴです！」

「おっけー、ヒューゴ君。君の属性は？」

「『岩』です」

「うん、いい属性だね。それじゃ、僕に魔法を放ってみてくれる？　できる限り強力なやつをお願いね」

「い、いいんですか……？」

「いいよ。どうせ当たらないから」

「……分かりました」

ヨランドは挑発的な言葉でヒューゴの闘争心を煽《あお》った。

「いきますよッ!!」

「うん、いつでもいいよ」

「――『岩の魔弾』」

その瞬間とても巨大な岩が生成され、ヨランドに向けて放たれた。

速度もなかなかだ。悪くない。

あの大きさと速度だ、すぐに回避行動を始めなければ間に合わない。

それでも、ヨランドは動かない。

「避けてくださいッ!!」

たまらずヒューゴが叫んだ。


「──『斥力』」


ヨランドがそう唱えれば、巨大な岩はふわりと軌道を変える。

そのままヨランドの頭上を通りすぎた。

「ね、当たらないでしょ？」

そして子供のように笑った。

「す、すげぇ……」

ヒューゴを含め、この場のほとんどの者が息を呑《の》んだ。

今の光景を見て、俺はある程度この『磁力魔法』を理解した。

とても強力な魔法だ。

クク、コイツが取るに足らない男だと？　馬鹿も休み休み言えよ。

「僕の『磁力魔法』はあらゆるものに磁性を付与し、引力と斥力を発生させることができる。今の場合は、ヒューゴ君の放った大岩と地面に磁性を付与して斥力を発生させたんだ」

なるほどな。

「強い、と思った？　でもね、磁性を付与できる範囲は僕を中心に半径五メートル程度。熱や冷気は反発できない。発生させる引力と斥力が大きければ大きいほど消費魔力も大きくなる。広域攻撃手段が乏しい……等々、色々とデメリットはあるよ」

ヨランドは言葉を続ける。

「今は僕が教えてあげた。でも、実戦では戦闘の中でこういった弱点を見つけて自分の優位を押し付けないといけない。こんな感じで、この授業では僕のような特殊な属性魔法使いとの戦い方を学んでもらおうと思っている」

――『特殊魔法戦演習』

いい授業じゃないか。すでに、俺はヨランドの授業を受けることを決めていた。

「授業の関係上、僕の所属する魔法師団の仲間も連れてきて、君たちの相手をしてもらうこともあると思うからそのつもりでね。――よし、説明はだいたい終わりかな」

見る限り、この授業に対して好感を持っている者は多そうだ。

アリスだけは未《いま》だに複雑な顔をしているが。

「そうだなぁ……ルーク君」

その時、突然名前を呼ばれた。

「君はこの中で最も優秀だって聞いているよ。――どうかな、僕と戦ってみるかい？」

「……クク」

穏やかな笑顔だ。

だが、この強烈な敵意はなんだ？　えらく嫌われたものだなァ。

お前には何もしてないはずだが。

「あァ、やろう」

「良かった」

皆が見守るなか俺は前へ出る。

ヨランドとの距離を取り、そしてお互いに剣を構えた。

「魔法の特性上、僕も剣を使うんだ」

「そうか」

「いつでもいいよ」

「クク、それじゃあ遠慮なくいかせてもらおう」

俺は一つの魔法を発動させる。

「──『闇の吸魔』」

闇属性の特性をいかした、相手の魔力を吸い取るというシンプルな魔法だ。

だが、その性能はかなりのもの。

魔法使いにとって魔力は生命線、魔力がなければ何もできない。

俺の『闇属性』は対魔法使い戦において最強の属性だと確信している……のだが──吸収できない。

「君の『闇属性』は知っているよ。でも、僕は自分の魔力に磁性を付与することができる。引力を発生させて相殺したんだ。──案外、大したことないね」

「クク、アッハッハッハッ!!」

本当に楽しいなァ。

楽しくて仕方ない。

「──『付与：闇』」

右手の剣が闇を纏《まと》う。

「──『闇の鎧《よろい》』」

闇が鎧の形をなし全身を覆った。

「──『身体強化×2』」

膨大なエネルギーが全身を駆け巡る。

「いくぞ?」

「きなよ」

裂けたような笑みと共に俺は地面を蹴った。

§

ヨランドは自身の妹、アリスはこの世で最も美しいと心から思っている。

世の男が放っておくはずがない。ヨランドは誰よりもその事実を理解していたからこそ、いつかアリスが自分の手を離れる時がくると分かっていた。

受け入れる準備はしていた。

しかし、最愛の妹は変えられてしまった……ルークという悪魔によって。

それだけは何があろうと、絶対に受け入れられるものではない。

ゆえにヨランドは解放したのだ、とある目的の為《ため》に隠していた真の実力を。

今、原作にまるで関与しないはずの化け物が解き放たれたのである――。

§

――楽しい。果てしなく楽しいなァッ!!

保有魔力量が有限である以上、常時発動型の魔法というのは本来絶対に成り立たない。

しかし、不可能であるはずのそれがルークには複数あった。アメリアの『音魔法』に対抗すべく初めて独自に開発した『闇の加護』を含めたいくつかの防御魔法、そして情報魔法である。

では、これらを可能とするものは何なのか……それは、ルークがアスラン魔法学園に入学するまでに開発した、もう一つの魔法に起因する。

それこそが――『闇の吸魔』である。

闇属性の特性を生かした、魔力を吸収するというとてもシンプルな魔法。

ルークはこれを他の人間に使うのではなく、大気中の魔力を吸収する為、つまり『自然回復魔力量』を向上させる為に使っているのだ。人間相手でなければ抵抗されることもない。

それゆえに生まれた、魔法を発動しているにもかかわらず自身の魔力量が減るどころか増えるという〝矛盾〟。

研鑽《けんさん》に研鑽を重ねてきたルークは、闇属性の『吸収』という特性を大いに向上させることにも成功している。

そのため今となっては、この〝矛盾〟はとてつもなく大きなものとなっているのだ。

つまり――ルークには魔法使いの大きな弱点である『魔力切れ』がほとんど存在しないのである。

しかし、そのルークの『闇の吸魔』をヨランドは〝抵抗〟することに成功した。

これだけでもヨランドという男が如何《いか》に魔法使いとして優れているかが分かるだろう。

とはいえ、このまま続けていれば保有魔力量の差により、先に『魔力切れ』を起こしていたのはヨランドの方であることもまた事実だ。

その事実を瞬時に理解したからこそヨランドは挑発したのである。ルークならば、それを挑発であると理解した上で必ずのってくると確信しながら。

実際それは正しかった。確かに、『闇の吸魔』を使い続けるだけでも勝敗はつく。

この魔法をさらに強める余力を残していたルークならば尚更《なおさら》。

しかし――つまらない。

強力無比な磁力魔法を余すことなく使ったこの男を見たい。

その上で、正面から叩《たた》き潰《つぶ》したい。この抗《あらが》うことのできない極めて傲慢なる欲求。

理由なんてそれだけだった。ルークにとって、それだけで十分なのである。

「アッハッハッハッハッ!!」

「――強いね」

魔法により、人間という枠を軽く逸脱した速度で繰り広げられるその剣の攻防。

およそ魔法使い同士の戦闘とは思えないそれを、周りの者たちは誰一人として言葉を発することなく見ていた。――否《いな》、心を奪われていた。

瞬《まばた》きすることすら億劫《おっくう》に感じるほど、この戦いは美しかったのだ。

その中でも、特にこの戦いから目を離すことができなかったのが『アベル』である。

（……これ、だ）

なぜか。――確信したからだ。

（僕が目指すべき極地は――この先にあるッ!!）

原作に関与しないはずのヨランドの登場。

そして、才能に溺れ努力しないはずのルークが飽くなき心で強さを追い求めたこと。

本来起こりえない様々な想定外の出来事は物語にあらゆる分岐を生み、回り回ってアベルの成長を促したのである。

ルークは剣を交える度に思った。純粋な速さならば、ヨランドのそれは『身体能力×2』を使った自分を僅かに上回っていると。

（凄《すさ》まじい。現時点では完全にアベルの上位互換だなァ）

磁力という属性により磁性を帯びているヨランドの魔力。

その魔力を付与することにより、金属のみならずあらゆるものに引力と斥力を生み出すことができる磁力魔法。極めて強力な魔法だ。

しかし、その扱いは決して簡単なものではないこともまた想像に難くないだろう。

（磁力を応用した圧倒的加速。そして、自然の理を愚弄するかのような変則的な動き。

……クク、凄まじい魔法精度だ）

しかし、これでもヨランドの魔法は半分以上封じられているに等しい。

それは、ルークが発動した『闇の鎧』による。

この魔法は物理的防御のみならず、あらゆる魔法干渉を防ぐ。

それ故に、ヨランドはルーク自身に磁力の影響を及ぼすことができないのである。

戦士だろうが魔法使いだろうが、並の者であればヨランドに距離を詰められたその時点で勝敗は決するだろう。

当然、ルークはこの事実を理解している。理解しているからこそ決めたことがある。

それは――これ以上の魔法は使わない、ということ。

磁性を付与できれば、魔法にすら影響を及ぼせるヨランドの磁力魔法。

しかし、ルークの闇魔法に関してはその限りではないのだ。

闇は全てを呑み込む。それは磁力魔法とて例外ではない。

これ以上の闇属性の魔法を用いてしまえば、戦闘が恐ろしく簡単になってしまう。

だが、違う……ルークが求めるものは違うのだ。

相手の土俵に立ち、その上で圧倒的な力をもって捩《ね》じ伏せる。

言い訳の余地がない完全なる勝利。

それこそが、極めて傲慢たるルークが求める勝利だったのだ。

この我儘《わがまま》を通すことができる力が自分にはあると信じて疑わない。

それは決して根拠のない自信ではない。これまで積み上げてきた全てに裏打ちされた自信である。


(剣術だけでみればアルフレッドより劣る。だが、それを補って余りある磁力の厄介さ。慣れるのに時間がかかるなァ)

(……当たらない。ルーク君は防ぐのに徹している。全てが紙一重で防がれる。水を斬っているみたいに手応えがない。なるほど、目が良いんだね。——想像以上だよ)


二人の思惑が交錯する。

その戦闘を辛うじて目で追うことがかなっている者たちにとっては、ルークとヨランドの実力は互角に見えることだろう。

いくつもの魔法の使用を制限している今のルークにとって、それは正しいと言える。

しかし、それは現時点に限っての話だ。ルークは戦闘の中で暴力的な速度で成長する。

相手の呼吸、タイミング、固有のリズム。

ルークは嘲笑《あざわら》うようにその全てを確実に把握していき、予知の如き先見を生み出す。

磁力という要素が加わるだけで、その剣の組み合わせは無限にも等しくなる。変則的な動きだけでなく、ヨランドは磁力の強度をも変えることで緩急すら自在なのだから尚更《なおさら》だ。

だが、人間である以上誰しもが感情を持っている。そして、この感情を完全に排除することはできない。

無意識に嫌う剣の型と動きが必ず存在する。──それが無限を有限へと変えるのだ。

（……っ。本当に凄《すご》いよ）

時間を忘れる程の剣撃の果て、いつしか攻守が入れ替わる。

誰もが目を奪われるなか、この光景に心を乱される者もいた。──アリスである。

今、彼女の頭の中では疑問符が乱舞していた。

（本当に……あれが私の兄なの……？）

これまでの全てがこの事実を否定する。しかし、目の前に広がる全てがこの事実を肯定した。どうしようもなく心がざわめく。

そして、苛立《いらだ》った憤りがじりじりと胸の奥に食い込んでくる。

（……騙《だま》していた）

それは裏切られたことへの怒り。

その時のアリスには、今まで自分がしてきた兄への非道な仕打ちなどおおよそ頭になかった。あるのは、燃え滾《たぎ》るような怒りのみだ。

（…………っ）

次にアリスの心を満たしたのは『悔しい』という感情。

ルークがあんなにも楽しそうに笑っている。見下していた兄との戦いによって。

今の自分では絶対にルークを満足させることはできない。

その事実がたまらなく悔しいのである。

（もっと……）

強くなりたい。もっと強くなりたい。

その時、アリスは心からそう思った。

ルークの目に自分という存在が映っていて欲しい。ただそれだけのために。

彼女もまた大きな才を持つ者。本来であれば、ここまで強さを渇望することはなかったであろう。

——ルークという男が努力をした。

たったそれだけの事実が、どこまでも物語を狂わせていくのである。

「……ッ」

ゆうに千を超える剣撃の応酬。

いつまでも続くかと思われたその戦いは、突然、あまりに呆気《あっけ》なく決着する。——必然の結果として。

ヨランドの剣が弾《はじ》き飛ばされ、空中を舞い、そして地に突き刺さった。

「俺の勝ち……だよなァ？」

「……うん、僕の負けだ」

刹那の静寂。

そして、溢《あふ》れんばかりの歓声と拍手が響いた。

『オォオオオオオオッ!!!!』

それは両者への惜しみない賞賛だった。誰もが労《ねぎら》い、そして称《たた》えた。

そんな中、ヨランドは思う。

（――計画通り）


実の所、ヨランドはルークとアベルの戦闘を見ていた。

その時ルークの実力を目の当たりにし、すでに自分では勝てないことは分かっていたのだ。ルークがアベル戦で見せた大魔法を使わないことは想定外だったが、それ以外は概《おおむ》ねヨランドの想定通りであった。

では、なぜ彼はルークに勝負を挑んだのか？

ルークの為《ため》――違う。

生徒の成長の為――違う。

彼自身の欲望を満たす為である。

（あぁ……僕はなんて惨めなんだ……講師という立場でありながらルーク君を挑発し、戦い、その上で負けるなんて……しかもそんな惨めな姿を――『アリス』に見られるなんて）

「……ハァハァ」

そう、全てはこの醜態をアリスに晒《さら》す為のもの。

燃えるような激情がヨランドの心で暴れ回る。

もはや立っていることすら叶《かな》わず、崩れるように膝をついた。

「せ、先生大丈夫っ⁉　神官様を呼んで来ましょうか⁉」

「だ、大丈夫……ハァハァ……ちょっと疲れちゃってね」

その時、ヨランドはアリスと目が合った。

汚物を見るような、人を人とも思わない蔑みに満ちた目をしたアリスと。

(あっ……あぁ……あぁぁぁぁぁぁぁ――――)

「え、先生？　ええ⁉　みんな大変‼　ヨランド先生が気を失ってる‼」

異常に高ぶった邪《よこしま》な感情は、ヨランドの意識を容易《たやす》く刈り取った。

§

学園を出ると夕闇が広がり始めていた。

少しだけ肌寒い風を感じながら、寮へと向けて歩き出す。

僅かに疲労はあるが、それでも心を満たすのは底知れない幸福感だった。

ヨランドとの戦闘は楽しかった。本当に楽しかった。

あれほど高揚したのはいつぶりだろう。正直、アベルとの戦闘の何倍も充実していた。

だからだろうか、疲労により重いはずの足取りはとても軽かった。

「ルーク君」

その時、声がした。

「――ヨランドか」

「少し話せるかい？」

「あぁ」

今の俺は気分がいい。断る理由を探す方が難しい。

夜の気配が漂う空の下、俺はヨランドと共に歩いていった。

§

とても頭の良い少年がいた。――いや、彼は頭が良すぎたのだ。

少年が〝違和感〟を抱き始めたのは彼が五歳を迎えた頃だ。

周りの人間は、誰一人として自分が当たり前に理解できることができない。

知能が恐ろしく低く、とても同じ『人間』とは思えない。

この残酷なまでの現実は、少年に底知れない圧倒的孤独を感じさせた。

つまらない、本当につまらない。

その日から少年の目に映る世界は少しずつ、だが確実に色褪《いろあ》せたものへと変わっていった。未来への希望は次第に枯れ、少年は生きる目的を失っていく。

この色褪せた世界が与える影響は甚大なものであり、少年の精神は徐々に歪《ゆが》んでいった。

いつ死んでもいい。九回目の誕生日を迎える頃、少年はこの世への執着を完全に失った。

死なないから生きているだけ。それは極めて受動的な生。

だが、ある日――世界は少年に微笑《ほほえ》んだ。

それは些細《ささい》なことが原因で少年が怪我《けが》をした時だ。

心配する必要などない。野原で遊ぶ子供が転んで作る程の小さな怪我。

少年自身もまるで気にすることはなかった。


──『お兄さま大丈夫？』


声をかける存在がいた。当時四歳であったアリスである。

彼はそのとき初めて、正面から〝妹〟を認識した。

あまりに取るに足らない存在であった為に、少年の目に映りはしても無意識のうちに無視していたのだ。


──天使。


暗闇に一筋の光が差した。

少年の世界が色を取り戻した瞬間である。

あまりにも無垢《むく》な心、一粒の不純物も混じっていない優しさ。

この存在を天使と呼ばずして何と呼ぶのか。

本当に些細な出来事。だが、これまでの全てが嘘《うそ》であるかのように、恐ろしく呆気なく少年は生きる意味を見つけた。

ただ、遅かった。遅すぎたのである。

絶望の日々に蝕《むしば》まれた少年の心は既に歪みきってしまっていたのだ。


——この『天使』を『悪魔』へと堕《お》としたい。


常人にはとても理解できない邪悪なる欲望が少年の心を支配した。

あのどこまでも無垢で慈愛に満ちた目が、冷酷で侮蔑に満ちたものへと変わる。


————ゾクっ。


そう考えた瞬間、少年は脊髄が痺《しび》れるような感覚を味わう。

そして、全身の毛が逆立つほどの快楽が全身を貫いた。

少年は一片の迷いもなく決意する。

自身が持つ能力の全てを『人心掌握』へと傾けることを。

自分を含め、アリスを取り巻く全ての人間の心を掌握し操る。

人格形成に関わる数多《あまた》の要因を支配することで――天使を悪魔へと堕とす。


少年の悍ましく業の深い計画がこの日始まった。

この世界に絶望し、今まで無気力に生きてきたことすらこの祝福をより大きなものにするための布石であったのだと思えた。

今、周囲から自分は無能だと思われている。あまりにも都合がいい。

それから、少年は些細な日常を繰り返すことでゆっくりと育んでいった。


――アリスを悪魔へと変える『嗜虐心《しぎゃくしん》』を。


周囲の人間を完全に支配し操る。

そんなことできるはずがない。しかし、神は与えてしまったのである。

悍《おぞ》ましいほどに優れた『頭脳』を。与えるべきではない人間に。

そして少年が青年となる頃、それはついに実を結ぶこととなる。


――『お兄さま、気持ちが悪いから近づかないでくれる？』

――『……ハァハァ』

全てが計画通り。

天使は悪魔へと堕ちた。それからの日々は青年にとって天国にも等しかった。

心の在り方次第で、世界はこんなにも彩り豊かなものになるのかと心底驚いた。

アリスの蔑みに満ちた視線を浴びる度に、途方もない快楽と幸福感が全身を満たすのである。

しかし、ある日突然少年の世界に『光』が訪れたように、『闇』もまた突然訪れた。

十二歳となったアリスがパーティーへ招待されたのである。

――『ルーク・ウィザリア・ギルバート』という男を祝うパーティーへと。

由緒ある貴族としての外聞を気にする両親によって、青年はパーティーに出席することを許されなかった。それは、無能を演じていたことによるある種必然の結果。

しかしアリス以外の全てがどうでもいい青年にとって、それは取るに足らないことだった。

そして——悲劇は起きる。

たった一日。

たった一日で、アリスは変わり果ててしまったのである。

青年はアリスの嗜虐心を育む為《ため》に数年という時間を費やしてきた。

ルークという男はその全てをたった一日で塗り替えたのである。

青年は直《す》ぐに理解した。パーティーから帰ってきたアリスの目には、かつての『悪魔』がどこにもいないことを。

彼女の嗜虐心が消えたわけではない。だが、そこに宿るのは自身と同じとても色濃い『被虐趣味』と『恋』だ。もはやその瞳に兄は映っていなかったのである。

凄《すさ》まじく優秀な頭脳を持つ青年をして理解できない出来事。

一体何が起これば、この短期間で人の心をここまで変えることができるのか。

アリスがただ恋に落ちただけであればまだ理解できる。

しかし、その目に宿る『被虐趣味』の色はなんなのだ。

何を見て、何を聞いたのか。どうしてそこまで変わってしまったのか。

さらに数日後、追い討ちをかけるようにアリスの婚約が決まったと知った時、青年はもう笑うしかなかった。

自身の幸福が薄氷の上に成り立っていたことを思い知らされた。

だが——不思議と〝絶望〟はなかった。

アリスと過ごす日々は、いつしか青年の心を少しだけ変えていたのだ。

青年は、妹の幸せを素直に喜ぶことができる程度には『人間』となっていたのである。

ルークという男が挨拶に来た。実の所、青年はとても興味があった。

たった数日で妹をここまで変えたのはどれほどの男なのか、と。

そして、一目で理解した。その雰囲気を直に感じ、僅かに言葉を交わしたことでそれは確信となった。——ルークという男が、この世のどこにもいないと思っていた自身と同格、もしくはそれ以上の存在であると。

なるほど、と青年は思った。

ルークという男はアリスを変えたのではなく、本来の姿へ戻してくれたのだ。

これほどの男と出会えたことはアリスにとって幸せだっただろう。

なぜか。それは、アリスの根底にある欲望が青年と同じものだったからだ。


――『自身の全てを凌駕《りょうが》し、尚且《なお》つ心から愛した者に虐げられたい』

その歪んだ欲望はどこまでも青年を縛る。

青年には同格と呼べる存在がいなかった。これから先そんな相手を見つけられるのかも疑問だ。だから、アリスを『悪魔』へ変えようとしたのである。

青年は笑った。少し嫉妬してしまうほどに、アリスは本当に幸せだなと思ったから。

この世で最も美しく尊い妹にとって、ルーク以上に相応《ふさわ》しい相手はいないだろう。

邪魔なんてできるはずもない。とはいえ、自身の幸せを諦めたわけではない。

だからこそ青年はこれまでの計画を全て破棄し、新たな指針のもと行動を開始したのだ。

§

「――と、いうわけなんだ。いやぁ、若気の至りって恐ろしいね」

「…………は？」

てっきり、真面目に今日の授業の話をされるのだと思った。

だが蓋を開けてみればどうだ。

――コイツが、世にも悍ましい光源氏《ひかるげんじ》計画の実行犯であることの告白だった。

背筋に冷たいものが走ったのをはっきりと感じた。

「そこで、ちょっと将来の話をしよう。――僕を君の〝駒〟として側に置いてくれないかな？」

「……お前はさっきから何を言っている」

「あはは、君なら理解できているでしょ」

……なんでコイツはこんなに爽やかに笑っているんだ。

今、俺は人間という種の恐ろしさを目の当たりにしているのかもしれない。

「何とメリットは三つもあるよ」

「…………」

うっ……頭が痛い……。

なんだこれは……強烈なデジャブを感じる。

「まず、君が僕という極めて優秀かつ使い勝手の良い駒を手に入れるということ。どんな汚れ仕事でも完璧にこなしてみせるよ。まあ、今はまだ信頼と実績が足りないよね。それはこれから示していくつもりだから安心して欲しい」

「…………」

「次に、僕は人心を掌握することに長《た》けているということ。……えっと、そろそろ来るはずなんだけど……あっ！　きたきた」

上空からふわりと一人のスキンヘッドの男が現れ、ヨランドに片膝をついた。

「遅れてしまい申し訳ありません、ヨランド様」

「ううん、時間通りだよ」

魔法師団の隊服を身につけている。

飛行魔法が使えるとはなかなかだが、はっきり言って今の俺にはどうでもいい。

疲れた……コイツの話をこれ以上聞く必要が本当にあるのだろうか。

「紹介するよ、彼はゴルドバ。僕の所属する第二魔法師団の師団長を務めている男だよ」

「…………」

副師団長であるヨランドに、師団長であるゴルドバという男が片膝をついている。

なるほど、コイツは証明してみせたんだ。――自身の有能さを。

「おっけー。もう帰っていいよ」

「はっ！　失礼します！」

ゴルドバはまたふわりと浮き、そのまま空へと飛び去っていった。

本当にこの為だけに呼んだのである。

「……随分と躾《しつけ》がなっているじゃないか」

「頑張ったからね。既に第二魔法師団の大半は僕に忠誠を誓っている。――つまり、君が手に入れるのは僕という駒だけではないということさ」

「…………」

ここまで来たら、もうコイツが正気とは思えない。

なぜそこまでして俺に取り入ろうとする。思考がブっ飛び過ぎていて理解できない。

「最後に……これはメリットと呼べるかは分からないんだけどね。君が、アリスとの幸せな日々を僕に見せつけることができるってことだよ……。そ、それはとても気分がいいんじゃないかい!? 優越感を抱けるだろ!? ……ハァハァ……そして僕は、惨めに自分を慰めることしかできないんだぁ……あ、あれ、えっ、ルーク君!?」

俺は歩き出した。

一切振り返ることなく——。

2

アリスの兄、ヨランドの悍《おぞ》ましい本性を目の当たりにしてから数日が経《た》った。

しかし、未《いま》だにあの日の出来事は鮮明に脳裏に焼き付いている。

多分一生忘れられない。というか、もしかしなくても俺はアリスと婚約しているのだ。

アイツが義兄になる可能性があると考えただけでも恐ろしい。

俺に恐怖を抱かせるとは大したものだ。そして、この俺がアリスに同情してしまう日がくるとは思いもしなかった。さすがに不憫《ふびん》過ぎる。

あの気色の悪い兄がいなければもっと優しくマトモな女になっていたのかもしれない。

……いや、俺のせいでもあるのか？　まあこれは考えても仕方ない。

とりあえず言えるのはあの男、ヨランドが吐き気を催す『邪悪』であるということだ。

ただ——あの日の出来事は、俺が『駒』というものに興味を持つきっかけとなったことも事実。

今まで俺は自身が強くなることのみを考え行動してきた。

そこに一切の妥協はなかったし、何も間違っていなかったと断言できる。

当然これからも強さの追求をやめるつもりはない。

しかし、一人ではできることの幅がどうしても狭くなってしまうのだ。

いずれは俺の手足となる人間が必ず必要となるだろう。

「……チッ」

ヨランドの言葉に従うようで不服だ。そしてそれ以上に、嫌でも俺の理性がアイツという『駒』の有用性を理解してしまうことが本当に不快だ。

その時、俺はあることを思い出した。

まるで興味がなかったのだが、どちらかが必ず『敗北』するそれはあまりに都合がいい。

「――クク、実験にちょうどいいか」

そういえば今日だったなァ。

ミアとロイドの序列戦があるのは――。

§

大半の国民にとって『戦闘』というのは日常から程遠いものだ。

それが『魔法戦』であるならば尚更《なおさら》だろう。ゆえに、国民に公開され観戦が認められているアスラン魔法学園の『序列戦』は、王国の民にとってこの上ない娯楽となっている。

アベルとルークの序列戦は例外としてその限りではなかったが、本来の序列戦はまず学校側に申請し、国民に告知され、そして本番となる。

そのためこの日のことは既に公表されており、学園内にある闘技場には多くの人々が集まっていた。

「今日やんの一年だよなー？」

「そうそう、三位の『ミア』って子と四位の『ロイド』って子がやんだよ。くぅー、いきなり上位同士じゃねぇか！　熱いねぇ！」

「でもよー、やっぱどうしても派手さというかさ、戦いの激しさみたいなもんが一年は上級生に劣っちまうんだよなー。俺はやっぱ熟練の三年同士の序列戦が一番好きだわ」

「バカだなぁお前。人生の半分は損しているぜ？　一年こそ原石だろうが。そこにとてつもない成長の余地があることの素晴らしさがなぜ理解できん。大事なのは強さよりも推せるかどうかだ。最初は弱くてもいいんだよ。諦めずに努力し、成長していく姿にこそ輝きがあんだろうが。そういう子こそ俺らが応援して支えてあげなきゃいけねぇんだよ。推してあげなきゃいけねぇんだよ!!」

「やっぱ変わってんなー、お前」

「いや、変わってんのはお前な」

着々と序列戦の行われる闘技場に人が集まっていく。

ポツポツと空席があったが、一時間もすればそれも全て埋まってしまった。

これから起こることへの興奮が熱となり籠もり始める。

あとは開始時刻まで待つのみだ。

「こ、こんなに人来るんだ……」

そんな中、ミアは人生で初めて身の縮む思いをしていた。

誰かに心臓を摑《つか》まれているように息苦しい。

「大丈夫……大丈夫……」

恐れる理由なんてどこにもない。自分は三属性を発現させた選ばれし者。

その上、入学試験でアリスに敗れてから必死に研鑽《けんさん》を重ねてきた。

負けるはずなんてない。ミアは必死に自分に言い聞かせた。

「時間だ」

「……はいッ」

どうやらもう始まるようだ。

心に渦巻く嫌な感情が消えたわけではない。

でも、負けたくない。それだけは絶対に嫌だ。

だからミアは力強く返事をした。無理やりにでも自分を奮い立たせる為《ため》に。

ゆっくりと足を進めれば、戦ってもいないのに嫌な汗が彼女の背筋を伝って流れ落ちた。

そして、会場に足を踏み入れた途端――割れんばかりの歓声が響き渡った。

「――っ」

突き刺さる大衆の視線に圧倒され、それが彼女の心をさらに掻《か》き乱《みだ》す。

ミアは自分の心音が耳にまで届くようだった。

「どうしたチビ。顔が強ばってんぞ?」

「……別に、そんなことないけど」

ミアとは対照的に、ロイドは余裕の笑みを浮かべている。

それがまた彼女の心にある鉛を重くした。

「両者、距離を取れ」

ミアはもう一度深呼吸し、ゆっくりと歩いて距離を取った。

息を吸い込み、そして吐き出す。すると、少しだけ心が落ち着いた。

(大丈夫……私ならやれる。アリスを倒して、いずれはルークにも追いつく。こんなところで負けてられない……!)

彼女の目に燃えるような闘志が宿る。

負けてたまるか、その強き思いが心で荒れ狂う。

「良いじゃねぇか。そうでなきゃ面白くねェッ!!」

ロイドは獰猛《どうもう》な笑みを浮かべた。早く始めろ、そう言わんばかりに。

「両者、準備はいいな？」

両者ともに頷《うなず》く、己の勝利を信じて。


「それでは――始めッ!!」


ついに戦いの火蓋は切られた。

そして苛烈な魔法戦が――繰り広げられることはなかった。

この戦いの結末はあまりに呆気《あっけ》ないものとなったのだ。

ミアの使える属性は『雷』『鎖』『治癒』の三つ。――『雷』による不可避の魔法攻撃。『鎖』による物理攻撃、及び拘束能力。そして傷を癒《いや》せる『治癒』まで併せ持つのだから、並の魔法使いであれば彼女とまともに戦うことすら許されない。

そう――彼女は正しく選ばれた存在なのである。

しかし、選択肢が多いゆえに生じた一瞬の迷い。

そして、もともと魔法を発動させるまでがほんの少しだけ遅いという苦手意識。

それが彼女の心の未熟さと合わさり、いつも以上に魔法の発動を遅らせたのである。

対するロイドの属性は『炎』のみ。

だが、彼は並外れた才覚によって火力を極限まで向上させているのだ。

並の炎とは一線を画する『蒼炎』。

その圧倒的火力によって、それがなんであろうと焼き尽くすというシンプルな力。

だからこそ、ロイドに迷いはない。だからこそ、ロイドは強い。

ただ単純に、膨大な魔力により生み出した蒼い炎によって全てを捩《ね》じ伏せる。

搦《から》め手がないわけではないが、基本的にロイドが考えているのはそれだけであり、それこそが己の最強の戦術であると確信しているのだ。

「――――ッ」

ミアの視界いっぱいに広がる蒼い炎。それは反射的に恐怖を抱かせてしまうほど。

彼女が『雷魔法』を発動させるのもほぼ同時のことだったが、速さで勝っても火力で圧倒的に劣ると判断し切り替える。
即座に『魔法障壁』を発動させて防いだ。
しかし、その威力が凄《すさ》まじく他の魔法を発動させる余裕がない。
防ぐことから少しでも意識を逸《そ》らせばその瞬間焼き尽くされる。
その事実を理解しているからこそ何もできないのである。

──詰みだ。

「オラオラどうしたッ‼　もう終わりかよチビッ‼」
「──クッ、うう、だめ……」

そこからは時間の問題。
幕切れはあまりに呆気《あっけ》なかった。

「アアアアァァァァァァァッ!!!」

ミアが最後に感じたのは、全身を焼かれる強烈な痛み。

そして最後に聞いたのは、熱狂的な歓声と万雷の喝采だった――。

§

ミアは傷一つない状態で目を覚ました。

重い体を起こし、キョロキョロと辺りを見回す。すぐに現状を理解することはできなかったが、時間と共にゆっくりと思い出していった。

――『敗北』したという記憶を。

「……あっ」

一筋の涙が彼女の頰《ほお》を伝った。

「う、あぁ……」

零《こぼ》れそうになる涙をミアは必死に堪えた。

できる限り気丈に振る舞い、手当てをしてくれた神官にお礼を告げる。

そのまま廊下へと出て、歩き、校舎を出た。歩く、歩く、そして走り出す。

その瞬間からもう涙は溢《あふ》れ出し止まらなかった。

ミアは寮に向かって走り出し、自分の部屋に着けばすぐに鍵を閉めた。

扉にもたれ掛かり、そのまま倒れるように座り込んだ。

もはや零れる涙を抑えるものは何もない。

「……う、うぅ」

ミアは泣いた。歯の隙間から声が洩《も》れ、号泣した。

一度溢れたそれは、拭いても拭いても止まることはなかった。悔しさだとか、己の無力さだとか、色んな感情がぐちゃぐちゃに混ざりあったものが涙となり零れ落ちたのである。

それからミアは自分の殻に閉じこもることを選んだ。どれだけそうしていたかわからない。

彼女の部屋を訪れる者もいた。

ミアのことを案じた『リリー』と『アベル』の二人である。

だが彼女がそれに応じることはなく、全て無視した。誰とも喋《しゃべ》りたくなかったから。

——コン、コン

それからしばらくして、またしてもノックする音がした。

「……誰とも喋りたくないって言っているでしょ。もういい加減放っておいて」

ミアの声には静かな怒りと苛立《いらだ》ちが含まれていた。

どうせまた『リリー』と『アベル』だろう。なぜほとんど喋ったこともないのにここまで気にかけるのか。

その理由は分からないが、なんであれ今はとにかく放っておいて欲しい。

ミアの心にあるのはそれだけだった。しかし――

「――お前は誰にものを言っている？」

返ってきたのは想像とはまるで違う声。そしてそれは彼女を上回る怒りだった。

ミアはその声の主が『ルーク』であると即座に分かった。

だが、誰であろうと同じことだ。彼女の意思が変わることはない。

「さっさと出てこい。少し話をしよう」

「だから今は誰とも――」

「黙れ。この俺が話そうと言っているのだ。お前に選択肢があると思うな」

それは今の彼女をして呆《あき》れる程の、他人の気持ちなどまるで考えていないあまりに傲慢な物言いだった。

「早くしろ。これ以上俺を待たせるならこの扉を壊す」

「わ、分かった……！　分かったから……！」

彼女の塞ぎ込んだ心をルークは無理やりこじ開け、土足で踏み荒らしたのである。

ミアからすればたまったものではなく、本当に扉を壊されそうな危険な雰囲気を感じとったので、渋々その扉を開けたにすぎない。

「……なに」

「ひどい顔だなァ、ミア」

そしてルークが何を言うかと思えば、それはあまりに心無い言葉だった。

怒りがふつふつと沸いてくるのが分かる。

「──辛かったか？」

「……えっ」

その怒りはすぐさま鎮火された。

とても短い言葉。しかし、何故《なぜ》かルークの言葉はミアの心の隙間へと入り込み、そして沁《し》み込んだ。

自分でも理解できなかったが、その時ミアは確かに安らぎを感じたのである。

すると、すーっと涙が溢れ頬を伝った。それに遅れて気づいたミアは、気恥ずかしさを隠すように慌ててそれを拭う。

「わ、わざわざそんなことを言いに来たの？」

「いいや？　少し魔力を借りるぞ」

突然、魔力を奪われる感覚。

もはや色んなことが一気に起こりすぎて、ミアは目眩《めまい》がするようだった。

「な、何す――」

「ふむ、やはりいい属性だ」

ルークの手のひらで高速で回転する小さな『鎖』を見た瞬間、彼女は言葉を失う。

「『治癒』は言わずもがな、『雷』と『鎖』も素晴らしいな。なるほど、『雷』は身体能力を向上させることにも使えるな。強化魔法とはその根本が異なるため魔法許容量を無視できる、限界はあれど良い属性だ。『鎖』は『情報魔法』とリンクさせて自動迎撃させても面白い」

ルークの手のひらの小さな『鎖』は五つに増えた。

ミアですら同時に二つしか出現させることができないものを、五つだ。

しかも、それだけではない。その鎖一つ一つに『雷』が付与されており、バチバチと帯電しているのだからもはや開いた口が塞がらなかった。

「あ、あなた……」

凄《すご》い、本当に凄い。

ルークのことは知っていた。いや、知っているつもりになっていただけなのだとミアはこの瞬間思い知った。

――『怪物』

目の前にいるのは、人間の皮を被った怪物であると頭ではなく心で理解させられた。

「ふむ」

刹那、ルークが発動させていた魔法は掻《か》き消えた。

「さて、お前には提案をしにきた。――俺の『駒』にならないか？」

「……え？」

ミアは何を言われたのか分からなかった。言葉の意味は分かっても、あまりに脈絡がなさすぎて脳が理解することを拒んだのである。

「『配下』、『下僕』、呼び名はなんでもいい。俺の言葉を決して疑わず、心から仕える存在。そういうものが今欲しくてな」

何気ない日常の会話であるかのようにルークは語った。

「そ、そんなものなるわけな――」

「俺の『駒』になれば、もう二度こんな思いをすることはない」

「――っ」

「今見せたように、俺ならお前を導いてやれる。力が欲しいんだろ？　もうこんな思いをするのは嫌なのだろ？　なら俺の『駒』となれ。お前を――敗北という『恐怖』から解放してやろう」

到底、まともな者の言とは思えないと聞き流し、一笑に付すことだって彼女にはできた。

しかしルークの言葉には得体の知れない説得力があった。

そして、危険な甘さがあったのだ。無意識に『信じたい』と思ってしまうような、そんな危険な甘さが。

（……な、なんで私は――）

ミアは心の底から恐怖した。

ルークの『駒』になるという選択肢が、いつの間にか自分の中で当たり前のように成立してしまっていることに気づいたからだ。

無意識のうちに、彼女は本気でルークの『駒』になることを検討していたのである。

ふと我に返り、その事実を俯瞰《ふかん》して認識できたからこそ恐怖心を抱いたのだ。

だが──彼女の心は既にその甘い毒に冒されていた。

だから、聞かずにはいられなかった。

「こ、駒って……何をすればいいの……？」

「──クク」

ミアの表情、少しだけ震える声、そんな些細《ささい》な情報からルークはこの〝実験〟がそれなりに成功であることを確信した。

「なに、難しいことはない。俺が必要としたときお前の力を貸してほしい。ただそれだけさ」

「必要……なの？　私の力が……」

「そうだ。お前の力が必要なんだ」

「………っ」

その言葉を聞いた瞬間、ゾワリ、とミアの心は震えた。

慰めの言葉をかけられたわけでも、優しさで包んでくれたわけでもない。

誰とも会いたくないのに半ば強引に扉を開けさせられ、挙げ句言われたのは『駒』になれという耳を疑うような提案。


——なのに。


（ルークが私の力を必要としてくれている。その事実がただひたすらに——嬉《うれ》しい）

恐ろしく本能的で酔いしれるような喜びを、ミアは感じていたのである。

これまでルークと関わった時間は決して長くない。

むしろ短いと言っていい。それにもかかわらず、その言葉の一つ一つが魂を溶かすように甘美であり、あたたかい波に揺られているかの如き安らぎがあるのだ。

――もっと求められたい。

その抗《あらが》いようがない根源的で強烈な欲求に彼女は取り憑《つ》かれた。しかし――

「……ちょっと、考えさせて欲しい」

己の心に従うなら、本当は二つ返事でルークに応えたい。

だが彼女は何とか踏みとどまった。これは絶対に即決するべきではない。

一度冷静になって考えるべきだと、彼女に辛うじて残っていた理性が警鐘を鳴らしたのである。

「……ふむ、そうか」

「――っ」

ほんの少しだけルークが残念そうな顔をした。

たったそれだけ、たったそれだけを見たことによって、ミアは胸を切り裂かれるような途方もない罪悪感を味わった。

この選択は絶対に間違っている、自分はなんてことをしてしまったんだ。

そんな自責の念が波のように押し寄せるのだ。

今すぐに訂正しよう、訂正しなくてはならない。

ミアがそう決心した時だ。

「明日また聞く。いい返事を期待しているからな」

ルークはそう言ってミアの肩に軽く手を乗せた。

その瞬間、彼女はピリリと脳が痺《しび》れるような感覚を味わい僅かに体を震わせた。


「……あぅ」


腰が砕け、その場にペタンと座り込んだ。

「……は？　なんだ、どうした」

それはルークにとっても想定外の出来事。軽く肩に手を置いただけで壊れた人形のように座り込んでしまったのだから、もはや意味が分からなかった。

そして、状況はさらに混沌を極めることになる。

「な、何やっているの⁉」

第三者の声がした。

ルークが目を向ければ、そこに居たのは二人の人物――『リリー』と『アベル』だ。

彼らもミアのことが気がかりで、再び様子を見に来たのである。

「だ、大丈夫⁉」

「…………」

ミアの頰《ほお》は紅色し、目もどこか虚《うつ》ろだ。明らかに普通ではない。

しかし、実際のところ彼女に異常はない。

ただ、ルークに触れられたことがトリガーとなって様々な感情が爆発してしまい、少しばかり放心状態となっているにすぎない。

とはいえ、たった今現れたばかりのリリーがそのことを知るはずもない。

彼女の目に映ったのは、明らかに普通ではない状態で座り込むミアと傍にいるルークである。

「あなた！　ルークよね！　彼女に何をしたの！」

「……何もしていない。うるさい女だ、いちいち大声を出すな」

「な、なんですってー⁉」

今回の目的は既に果たしたとルークは判断した。

これ以上このうるさい女に付き合う必要はない。その結論に至り歩き出した。

未《いま》だにガミガミと喚《わめ》くリリーを無視して。

そして、沈黙を貫いていたアベルとすれ違うその瞬間、

「ルーク君も彼女を気遣ってここに来たんでしょ？」

「……は？」

ルークは呆気《あっけ》に取られたが、アベルは微《かす》かに笑うだけでこれ以上何か言うことはなかった。もはや、言葉は不要だと言わんばかりに。


（……なんだその『僕はわかっているからね』的な目は。本当に違うんだが……）


この後、ルークも何も言うことはなかった。単純に疲れたからだ。

そのまま階段を下り、自室へと戻った。ベッドに横になり、少しばかり思案に耽《ふけ》る。

（駒を増やすというのは存外手間がかかるな。俺への『忠誠』という目的地に向け、相手の心を言葉や行動によって誘導していく作業。言ってしまえばそれだけだが、場合によっては悲劇を演出する必要すら出てくる）

今回の『実験』は都合が良すぎたのだ。

ミアとロイド、どちらかは必ず敗北し感情の振れ幅が大きくなる。だからこそ心に隙間ができる。ルークにとってそれがミアであろうとロイドであろうとどちらでもよかった。

また、〝最初の〟敗北というのも良い条件だった。

人間は『慣れる』生き物。二度目は一度目よりも、三度目は二度目よりも敗北による感情の振れ幅は小さくなるだろう。

だからこそ、今回の序列戦は打って付けだったのだ。

――『駒を増やす』という実験に。

ただ、成果としてはあまり期待通りではなかった。

ルークにはミアを駒にできるという自信があったが、そうはならなかった。

「まあ、初めてにしては上出来だろう。――チッ、やはり忌ま忌ましい」

しかし、ルークは今回のことで余計に『ヨランド』の価値を理解させられた。

――『駒を増やせる駒』

その希少価値は計り知れない。あまりに貴重だ。

簡単に手放すことなどできるはずもない。

「……はぁ、剣でも振るか」

淀《よど》んだ思考を追い出すには剣を振るに限る。

ルークは立てかけてある剣を手に持ち、再び部屋を出た。

§

翌朝。

乳白色の夜明けが闇を追い出し始める頃。

「その……なってもいいよ。——ルークの『駒』ってやつに」

「…………」

朝一番にルークの部屋を訪れたミアは少しだけ躊躇《ためら》いながら、照れくさそうにそう言った。

今回の試みが失敗だと思っていたルークは、まだ陽《ひ》が昇っていない朝で頭が回っていないということもあり、数秒言葉を失った。

――『ヨランド』の登場。

原作に登場しないその男との出会いによって、ルークは『駒』というものに興味を持った。

そして、実験をしたのだ。駒を増やすための実験を。

その結果、いずれ『魔法騎士』へと至るはずの少女はルークの『駒』となることを選んだのである――。

3

ミアはパチリと目を覚ました。

眠りと覚醒の中間は存在せず、彼女は目を開けたその時には既に覚醒の中枢にいた。

ただ昨日はいろいろな事があったせいか、体の方には未《いま》だに疲労が残っているようだ。

温かい泥のように心地よいこの微睡《まどろ》みの世界に居たいと訴えかけてくる。

しかし、彼女はそれを良しとしなかった。

一気に上半身を起こし、ベッドの木枠に寄りかかった。それからそっと胸に手を当てる。

（……やっぱり変わらない）

一晩眠り、その上で彼女の意志が揺らぐことはなかった。

ならば行動しよう。決断が遅れ、好機を逃すのは愚か者のすることなのだから。

ミアの心は決まった。

「…………」

そのとき、ふと脳裏にルークの姿が浮かんだ。

どんなに良い解釈をしたとしても、昨日の彼が『善人』であるという評価に至ることはない。それはミアも分かっている。

分かっているのに——何故《なぜ》か惹《ひ》かれてしまう。

心の内側でルークの言葉を何度も反芻《はんすう》し、自分自身でさえも理解できない感情が際限なく湧き続けるのだ。

『──俺の『駒』にならないか？』


分かっている。これは決して耳をかしてはいけない悪魔の囁《ささや》き。

もしかすれば、自分は騙《だま》されているだけなのかもしれない。

ルークの言動が善意からくるものでないことなど彼女は理解しているのだ。──しかし、

「……もう、無理だよ」

抗《あらが》えないのだ。どうしても抗えないのである。

それは、一度黒に染まったものに他の色をいくら加えても黒のままであるように。

彼女の心はもう覆ることなどないのだ。

ミアは身支度を素早く終えた。

それは雑という意味ではない。一つ一つの行動に無駄がなく、それでいて迅速に行われたのである。

最後に鏡の前に立ち、髪の毛をブラシで梳《す》いた。特に前髪を入念に整えれば完成だ。

ミアは扉を開け、ルークの部屋へと向けて勢いよく歩き出す。

最初は良かった。だが、次第にその速度は失われていった。

「な、なんて言えば……」

　感情が思わず声に出た。――彼女が我に返ったのはその瞬間である。

（ば、バカじゃないのか私は!?　こんな朝っぱらから男の部屋を訪れてなんて言うんだ!?　あなたの『駒』になります……って!?　頭おかしいと思われるでしょ!!）

　ミアは叫び出したい衝動に襲われた。思わず両の手で頬を触ってみればやたらと熱い。

　心臓の鼓動が全身に広がっていく気がした。

　身体が熱くなるのと反比例して頭は確実に冷えていく。

　冷静で明瞭な思考は、彼女が如何《いか》にマトモではなかったかという事実をつきつけた。

　感情がごちゃごちゃとしているが、半ば強引に彼女はもう一度心を静めた。

（でも、この勢いのまま行かないと言い出す機会を永遠に失う気がする……！）

　そうだ、と思い直す。

　昨日あんなことがあったというのに、何も話さないまま朝食の席でばったり鉢合わせしてしまったりしたらどうするというのか。

　その方が何倍も気まずいではないか、とミアは無理やり自分を肯定した。

「…………っ！」

　一歩、踏み出した。鎖に繋《つな》がれているのを引きずって行くかのように重い。

もう一度止まってしまうようなことがあれば、今度こそ自分の部屋へ戻ってしまう。

そんな気がしたからこそミアは魔力を練り上げ、一つの魔法を発動させた。

——『飛行』

その瞬間彼女の体がふわりと浮き上がり、そして加速した。

ルークの部屋へ早くたどり着かなければ。その一心で彼女は廊下を飛ぶ。

ここが寮で、今はまだ朝早いため寝ている学生がいると判断できる理性が残っていなければ、『うぉぉぉぉっ』と叫び出していたかもしれない。

そうこうしているうちに、彼女の素晴らしい魔法技術も相まってあっという間に到着した。

いや、到着してしまったと言うべきか。

ミアは魔法を解除し足を着く。

「…………っ」

ルークの部屋は目の前、あとはノックするだけ。

そのノックするだけが果てしなく難しい。ミアはスカートの端を強く摑《つか》んだ。

（やりなさいミアっ！　もう決めたことでしょっ！　さぁ！　さぁ！　……うぅ）

このような思考をひたすらに繰り返し、彼女は肌寒い廊下で五分ほど立ち尽くした。

だが、気づいたのだ。昨日の序列戦、なぜ自分が敗北したのか。

ロイドはとても強かった。シンプルな実力差もあるのだろう。

しかし最も大きな敗因は——己の心の弱さである。

そんな自分を変えたくて今ここにいるのではないのか。

心は決まった。何度か大きく深呼吸する。

「……ふぅ、ふぅ。——よし」

それからミアはゆっくりと手を伸ばし、そして弱々しく数回ノックした。

ノックしてから待っている時間。それはミアにとって、一秒が何十倍にも引き伸ばされたかのような時間であったが、やがてゆっくりとその扉は開かれる。

小さく開かれた扉から一人の男が顔を覗《のぞ》かせる。——ルークだ。

それを認識した瞬間、ミアの心はこれまでが序の口だったと言わんばかりに掻《か》き乱《みだ》された。心臓の鼓動がやたらと速くなる。

当然、今の彼女に『おはよう』と言えるだけの余裕はなかった。

だから自分が言わなければならないと、何度も心の中で繰り返していた言葉を言ったのだ。さながら原稿を読むかのように。

「その……なってもいいよ。——ルークの『駒』ってやつに」

「…………」

ルークはほんの少しだけ目を見開いた。様々な想定外が重なったからである。

加えて、このノック音で目覚めたばかりなので思考がぼやけている。

これらの理由によりルークは数秒言葉を失った。

しかし、ミアはそんなこと知るはずもない。

意を決して声を出したというのに、未だルークから返答がない。

心にあるのはそれだけだ。またしても彼女の鼓動は速くなる。

「——そうか」

ようやく言葉が返ってきた。

「よく決心したな。嬉《うれ》しいぞ」

「……ぁ」

ルークの『嬉しい』という言葉、それは麻薬のようにミアの脳をおかした。

これまでの全てを肯定されたかのような高揚が全身を貫く。

次はミアが言葉を失う番だった。口をパクパクとさせるだけでまるで音が出ない。

何かを言わなくては、早く何かを。そんな思いに駆られていると――

「――面白いことを言うのね、ミア」

別の女の声がした。

その声が誰のものであるかをミアが理解するよりも早く、ルークによって小さく開かれていた扉がその第三者によって大きく開かれた。

「……あばばばば」

ミアの思考はそこで完全に停止する。

なぜか、見てしまったからだ。

――全裸のアリスの姿を。

なんでルークの部屋にいるのか。

なんで服を一切着ていないのか。

なんでそんなにドヤ顔をしているのか。


あらゆる疑問が濁流のように押し寄せ、尚且《なお》つ視界から得られる情報のあまりの衝撃。

それは、他人がキスをするところでさえも照れて直視できないミアにとって到底理解できるものではなく、受け入れられるものでもなかった。

ゆえに彼女は選んだ、意識を手放すという選択肢を。——バタリ、とミアは倒れた。

アリスには一切の恥じらいというものが存在しなかった。

己の『美』に対する絶対的自信。

見られて恥ずかしいところなど、彼女には何一つないのである。

「……なんで出てくるんだ」

「彼女があまりに面白いことを言うものだから、つい」

ルークはため息をつきつつ、ミアをこのままにしておくわけにもいかないと判断。

朝から身体を動かさなければならない億劫《おっくう》さを嚙《か》み締《し》めながらも優しく抱きかかえ、己のベッドにそっと寝かした。

§

——ギルバート侯爵領都市『ギルバディア』

交易都市としての一面を持つこの街は夜でさえも活気があり、人通りも多い。

様々な国の商人や冒険者がこの街を訪れる。この日とて例外ではない。

皆が忙しさの中にやり甲斐《がい》を見出《みいだ》しており、その表情には疲労と共に明るさがある。

そしてそこには、この都市で暮らす者なら誰しもが知る豪華で荘厳な屋敷があった。

——クロードの屋敷である。

すると、人知れずその屋敷の扉は開かれた。中から出てきたのは四人の男だ。

「足元にお気をつけ下さい」

まず、この家の執事を務めるアルフレッド。

「うん、ありがとう」

「…………」

次にヨランド。

そしてゴルドバという魔法師団長を務める寡黙な男が続いた。

「――クク」

最後に、ギルバート家現当主クロードその人である。

アルフレッドはヨランドという男がここを訪ねてきたその瞬間に思った。――この男は『悪』であると。彼が最も嫌悪する類の『悪』であると。しかし――

(――チッ、気持ち悪《わり》ィ)

その嫌悪が今となっては和らいでいたのだ。

アルフレッドはそれが何となく気持ち悪かった。

そして、ヨランドは思う。

(チョ、チョロい……ギルバート侯、とんでもなくチョロかったなぁ。最初はあんなに警戒されていたのに、ルーク君のことを話した途端スムーズに事が進んだよ)

ヨランドがクロードのもとを訪れた理由、それは彼が『あの日』描いた物語を実現させる為《ため》だった。

——ルークを『王』にするという物語である。

(フフ、ルーク君。僕が君より勝っていることがあるとすれば、それは僕の方がほんの少しだけ早くこの世に生まれたということだね)

ルークは学園に拘束されており、ヨランドにはある程度の自由がある。

そうでなければこの状況そのものが成立していない。

ヨランドは『あの日』初めて、ルークという自身と同格以上の存在と出会った。

それが、真の意味でずっと孤独だった彼にとってどれほどの喜びだったか。

どれほど輝いて見えたか。彼もまたルークに魅入られていたのである。

(君は——『王』こそが最も相応《ふさわ》しい)

そして、それだけではない。

この計画には、ヨランド自身がルークの『駒』となり側に居続けるという欲望を満たす目的も含まれているのだ。

（学園を卒業するその時までに作ってみせるよ。君が僕を手放せない『理由』を）

また、クロードがヨランドの計画に賛同したことでこの物語はさらに加速した。

ではなぜクロードはヨランドに賛同したのか。当然、彼の親としてルークを愛する心が常軌を逸しているというのも要因のひとつだろう。

しかし、それだけではない。

ヨランドの話はクロードの内に秘めていた野望を呼び起こしたのだ。

ルークが生まれたことで泡のように儚《はかな》く消えた野望。

それは——『王位簒奪《さんだつ》』である。

若かりし頃、彼もまた自分こそが王に相応しいという燃えるように傲慢な野心を抱いていたのだ。ヨランドの計画はそれを再び呼び起こしたのである。

「貴様が『武力』を、私が『派閥』を磐石《ばんじやく》なものにする。それでよかったな？」

「ええ、そうです。僕が魔法師団を中心にルーク君の勢力を大きくします。貴族を纏《まと》めるのはお願いしますね」

「お前は無能と聞いていたが。どうやら見る目がない者共の戯《ざ》れ言《ごと》だったようだなァ」

「あはは、恐縮です。――それで、三年でどのくらいできますか？」

ヨランドはほんの少し挑戦的な表情をした。

「クク、笑わせるな。私を誰だと思っている。これ以上はないというほど、磐石な派閥を作り上げてやろう。貴様こそ失望させてくれるなよ」

「ええ、期待していて下さい。それでは、あまり長居はできませんのでこれで失礼致します。本日はお時間を作って頂きありがとうございました、ギルバート侯」

「あぁ、また何時《いつ》でも来るといい」

「感謝致します」

ヨランドは深々と頭を下げ、それから空へと飛び立った。

ゴルドバもそれに追従する。しばらく静かに飛び、そして――

「ハハハハハッ!!　あぁ、忙しくなるなぁっ!!」

己の胸の内で爆発する喜びの感情を吐き出した。

「私にできることがあれば、なんなりと」

「うん、君にもしっかり働いてもらうからねゴルドバ。心の準備はしておくように」

「はッ!!」

ゴルドバの返事には偽りなき覚悟と気迫が込められていた。

（ルーク君、僕は見たいんだ。君が王となり何を成すのか。魔法力に依存し、人間至上主義を掲げる古くさいこの国をどう導き、どう変えていくのか。んー、でも自由を奪ったら怒られそうだなー。優秀な文官も取り込まないとね。あぁ、本当に楽しいなぁ――）

これから楽しいことがたくさん起こるであろう未来に思いを馳《は》せ、ヨランドは無邪気な子供のように――嗤《わら》った。

あとがき

初めまして。作者の黒雪《くろゆき》ゆきはと申します。

この度は、『極《きわ》めて傲慢《ごうまん》たる悪役貴族《あくやくきぞく》の所業《しょぎょう》』を手に取っていただきありがとうございます。

とりあえず、本作について軽く話してみたいと思います。簡潔に言うなら、いわゆる悪役転生物ですね。突然ルークという才能の怪物みたいな悪役貴族になっちゃって、なんやかんやするといった感じです。

ただ、これだけでは真新しさがありません。本来破滅するはずの悪役に転生してしまい、そうならないためにあたふたする。本作を手に取っていただいた皆様も、こういった内容の作品を一度は読んだことがあるのではないでしょうか。

なので、私はなにか一つアクセントをつけたいなと考えました。

では、それは一体なんなのか。本作を読んでいただいた皆様なら、すでにご存じのことかと思います。――そう、『変態』です。強烈に濃い様々なキャラクターを登場させたことが、私の加えたアクセントになります。

主人公がどうやって破滅を回避するかということよりも、努力なんて全くしないはずのキャラが努力することによって生じる変化に重きを置き、この物語を組み立てました。

結果として、親バカな父の子煩悩が凄《すさ》まじく悪化したり、強面《こわもて》な執事が狂信者になったり、ドSなヒロインがドMになったり、本来物語にほとんど関与しないはずのヤバい奴《やつ》が現れたり……なかなかカオスですね。

また主人公最強物という主軸はぶれないようにしつつも、コメディテイストに仕上げました。これは私の尊敬する丸山くがね先生、そして暁なつめ先生の影響を強く受けた結果ですね。本作を読んで一度でもクスリと笑っていただけたのなら、これほど嬉《うれ》しいことはありません。

さて、ここからは謝辞を贈らせてください。

まずは編集の木田さん。私の作品を見つけてくださり、本当にありがとうございます。感謝の言葉もありません。ただ、お声かけいただいた段階では明らかに文字数が一巻分に満たないという……。期待を込めてということだったのだと思いますが、早すぎて、嬉しさ以上に驚きが勝ったのを今でも鮮明に覚えております。

書籍化作業の際も、何の実績もない私の意見をとても真摯に聞いてくれて、本当にありがとうございました。

そして、とても素敵なイラストを描いていただいた魚《うお》デニム先生。我儘《わがまま》ばかり言ってすみませんでした！　ここはこうして欲しい、そこはこんな感じで、などと様々な要望をしました。生意気言って、ほんとすみませんでした！　最後まで匙《さじ》を投げることなく素晴らしいイラストを描いてくださった魚デニム先生には感謝の言葉もありません。改めて、本当にありがとうございました。

そして、WEBに掲載している頃から応援してくださっていた読者の方々。皆様のおかげで書籍化にまで至ることができました。これからもよろしくお願いします。更新遅くてごめんよー！

最後に、この本を手に取ってくださった皆様。少しでも楽しんでいただけたのなら幸いです。ぜひ、ハッシュタグ『#極悪貴族』で感想をお聞かせください。また、この作品は「カクヨム」の方で現在も連載しております。もし続きが気になるのであれば、チラッと読みに来ていただけると嬉しいです。

続刊できるかはわかりませんが、ものすごく傲慢で、ものすごく才能に溢《あふ》れているのに、なぜか集まってくる変態たちのせいでちょっとだけ上手《うま》くいかず、胃痛と闘いながら頑張るルークくんの物語をこれからも書いていこう思います。

では、このあたりで締めたいと思います。

改めて、この本を手に取ってくれた全ての皆様。本当にありがとうございました！

極《きわ》めて傲慢《ごうまん》たる悪役貴族《あくやくきぞく》の所業《しょぎょう》

著　黒雪《くろゆき》ゆきは

角川スニーカー文庫　23674

2023年6月1日　初版発行

発行者　山下直久
発　行　株式会社KADOKAWA
〒102-8177 東京都千代田区富士見2-13-3
電話　0570-002-301（ナビダイヤル）

印刷所　株式会社暁印刷
製本所　本間製本株式会社

Printed in Japan　ISBN 978-4-04-113646-1　C0193

★ご意見、ご感想をお送りください★
〒102-8177 東京都千代田区富士見2-13-3
株式会社KADOKAWA　角川スニーカー文庫編集部気付
「黒雪ゆきは」先生「魚デニム」先生

本書は、カクヨムに掲載された「極めて傲慢たる悪役貴族の所業」を加筆修正したものです。

角川文庫発刊に際して

角川源義

第二次世界大戦の敗北は、軍事力の敗北であった以上に、私たちの若い文化力の敗退であった。私たちの文化が戦争に対して如何に無力であり、単なるあだ花に過ぎなかったかを、私たちは身を以て体験し痛感した。西洋近代文化の摂取にとって、明治以後八十年の歳月は決して短かすぎたとは言えない。にもかかわらず、近代文化の伝統を確立し、自由な批判と柔軟な良識に富む文化層として自らを形成することに私たちは失敗して来た。そしてこれは、各層への文化の普及滲透を任務とする出版人の責任でもあった。

一九四五年以来、私たちは再び振出しに戻り、第一歩から踏み出すことを余儀なくされた。これは大きな不幸ではあるが、反面、これまでの混沌・未熟・歪曲の中にあった我が国の文化に秩序と確たる基礎を齎らすためには絶好の機会でもある。角川書店は、このような祖国の文化的危機にあたり、微力をも顧みず再建の礎石たるべき抱負と決意とをもって出発したが、ここに創立以来の念願を果すべく角川文庫を発刊する。これまで刊行されたあらゆる全集叢書文庫類の長所と短所とを検討し、古今東西の不朽の典籍を、良心的編集のもとに、廉価に、そして書架にふさわしい美本として、多くのひとびとに提供しようとする。しかし私たちは徒らに百科全書的な知識のジレッタントを作ることを目的とせず、あくまで祖国の文化に秩序と再建への道を示し、この文庫を角川書店の栄ある事業として、今後永久に継続発展せしめ、学芸と教養との殿堂として大成せんことを期したい。多くの読書子の愛情ある忠言と支持とによって、この希望と抱負とを完遂せしめられんことを願う。

一九四九年五月三日